**Andrea Kempf**

# Irrwege des Lebens
Roman

## Zum Roman

Die frei erfundene Geschichte, ereignete sich im Jahre
1850, im niederbayerischen Markt Velden.
Dort lebte eine Bauernfamilie mit ihren Kindern.
Eines Tages kam es zu einem tragischen Ereignis, eins
der Kinder verunglückte schwer!
Der Unfall des Kindes und der Verlust dessen alltäglichen
Lebens in der gemeinsamen Familie, machte die Mutter
anfällig für psychische Manipulation.
Durch Macht und Habgier eines Priesters, lief die Familie
Gefahr, zerstört zu werden.

# Inhaltsverzeichnis

Bibliografische Information der Deutschen Nationalbibliothek.
Die Deutsche Nationalbibliothek verzeichnet diese Publikation in
der Deutschen Nationalbibliografie; detaillierte bibliografische Daten
sind im Internet über htpp://dnb.d-nb.de abrufbar.

2.Auflage
Herstellung und Verlag: Books and Demand GmbH Norderstedt
Gestaltung: Wolfgang Kempf
Layout: Patrick Kempf
Printed in Germany
ISBN: 978-3-7357-1864-8

# Das Treffen am Fluss

Neunzehntes Jahrhundert, im Jahre 1834.

Lorenz sitzt zusammengekrümmt auf dem Bett in seiner kleinen Kammer.

Wie Ketten, hat er die Arme um seine angehobenen Beine geschlungen und die Hände derart stark in einander verkeilt, dass die Knöchelchen bereits weiß hervortreten.

Jedes Mal, presst er dabei seine Ohren zwischen die Knie, um das donnernde Gebrüll in seinem Kopf zu mildern.

Sein Herz klopft wie wild und er hat Angst, entsetzliche Angst vor seinem eigenen Vater!

Allzu häufig hat Lorenz in seinem noch jungen Dasein erleben müssen, das sich dieses Geschrei zu einem wahren Wutanfall entwickelt und dessen Höhepunkt sich dann mit Prügel und Schlägen entlädt.

Es vergeht selten ein Tag, ohne dass der Alte tobt, wenn nicht mit ihm, dann mit seiner Mutter.

Leise, schon fast kleinlaut, vernimmt Lorenz ihre Stimme aus der Küche.

„Du konst erm do ned zwinga, orne zheiran, die a ga ned mog!"

„A Geid hods aba."

„Aba koa Liab is zwischn erna!"

„Hoit Goschn Weib, da Bua durt wos i sog."

Der junge Mann weiß, von wem sein Vater spricht.

Das Mädchen heißt Johanna, ist siebzehn und im gleichen Alter wie Lorenz.

Im Nachbarort gibt es einen reichen Großbauern und sie ist die einzige Tochter.

Was das liebe Geld angeht, wäre sie mit Sicherheit eine erfolgreiche Heirat.

Aber das ist auch schon alles, was Lorenz glanzvolles über das junge Fräulein zu sagen hat.

„So a schircha Hofa und a Dodschn is a! A koa Foi, de heirat i gwis ned!"

Lorenz lockert seinen Griff und die Beine gleiten an der Bettkante herab.

Er beugt sich nach vorne, öffnet die Lade an der Kommode neben seinem Bett und holt bedachtsam ein wunderschönes, herzförmiges Stück Holz heraus. Es hat die Größe einer Münze und hängt ein einem schlichten Lederband.

Zwei filigran geschnitzte Buchstaben verzieren die bauchigen Seiten dieses herzförmigen Anhängers. Ein C und ein L – Charlotte und Lorenz.

Heimlich, immer dann, wenn seine Eltern zu Bett gingen, hat er das kleine Holzstückchen mit dem Messer bearbeitet.

Dabei war er gedanklich ständig bei Charlotte und mit leidenschaftlichen Gefühlen für sie hegend, hat er somit etliche Abende verbracht.

„Des Madl wui i moi heiran – sunst koa andre!"

Ratlos betrachtet er das selbstgeschnitzte Herz.

Wie soll er es bloß fertig bringen, seinen Vater zu überzeugen, das für ihn beim Heiraten nur die Liebe zählt und nicht das Geld?

Niemals würde der alte Schreihals mit Charlotte einverstanden sein! Ihre Mutter verstarb bei der Geburt des vierten Kindes und ihr Vater, ein armer Flickschuster, musste sehen, wie er sich mit den vier Kindern alleine durchschlug.

Da kam es schon mal vor, das Charlotte in der Schulpause an einer trockenen Brotrinde kaute.

Lorenz, der seine Schulzeit bereits beendet hat, erinnert sich noch gut daran.

Er ließ es sich damals nicht nehmen, Charlotte mit seinen eigenen, massig mit Butter beschmierten Brotstullen, zu versorgen.

Dadurch lernten sich die beiden immer besser kennen.

Der Wusch, Charlotte auch mal außerhalb der Schule zu treffen, wurde bei Lorenz immer größer.

Doch das Mädchen war schüchtern und zierte sich. Der Abschluss des Schuljahres rückte damals immer näher und damit auch die Gefahr, sie nicht mehr zu treffen.

„D Schui is beud zend für mi. I wui di aba wieda seng!"

Vorsichtig berührt er die Spitzen ihrer langen, braunen Haare.

„Wuist des a?"

Charlotte begriff, wenn sie jetzt mit Lorenz kein Treffen ausmacht, wird es schwer werden, ihn wiederzusehen.

Es schickt sich nicht als junges Madl, zu Hause bei einem Burschen vorbeizuschauen.

„Ja, i wui a!"

Sie spürt seine Finger an ihrem Haar und ihre Wangen erröten.

„I gfrei mi sackrisch! Hindam Hof, flussobawerts, hod da Vatan s Gros ho lassn. Wend Son unda get, bi i do."

Sanft berührt sie seine Hände – sie hat bei ihm ein gutes Gefühl!

Nie wird er diesen wunderbaren Abend je vergessen!

Er selbst kam ein bisschen früher. Um ihre erste Verabredung für beide unvergesslich zu gestalten, entschied sich Lorenz dazu, eine Decke, etwas Brot und Käse und auch eine Kerze mitzubringen.

Er wollte sie damit Überraschen und wenn er ehrlich war, auch ein bisschen Eindruck bei ihr schinden.

Als er damalig seine Vorbereitungen beendet hatte, erschien auch schon Charlotte wie verabredet am Fluss.

Ein wenig scheu, aber auch sichtbar erstaunt, trat sie einst an die Decke heran.

„Des host aba sche gmacht!"

„Bei so an liabm un schenan Madl, muas ma si scho wos eifoin lassn."

Als Lorenz sich vom Boden erhebt um Charlotte gegenüber zu treten, bemerkt er ein angenehmes Kribbeln im Bauch.

„Wundasche bist in deim Kleidl."

„Is vo meina Muatta. Nua bei an bsondan Grund hods des trong."

Das mit Streublümchen gemusterte, zartfarbige Sommerkleid hatte einen weiten, mit reichlich Spitzen verzierten Ausschnitt – ein wahrer Anziehungspunkt für Lorenz Augen!

„Kum, setz ma uns aufd Deckn."

Sachte zieht er sie mit sich zu Boden und dabei landet Charlotte sanft in Lorenz Armen.

Seine Berührungen sind weich und nicht drängend, so dass sie in ihrem Inneren, nicht das Gefühl verspürt, ihm entrinnen zu wollen.

Fasziniert von diesem Moment, einander zu spüren und zugleich das einmalige Farbenspiel der untergehenden Sonne zu erleben, verzaubert beide zu tiefst.

Als es endgültig dunkel wurde, brennt Lorenz die Kerze an.

Es herrscht eine wohlfühlende und entspannte Atmosphäre zwischen ihnen. Sie essen Käse und Brot und unterhalten sich dabei über alles Mögliche.

„Sog moi, is des woar, wos d Leid üba di song?"

Erstaunt schluckt Lorenz seinen Käse runter und runzelt die Stirn.

„Wos songs den üba mi?"

„Das d Johanna a moi heiratst."

„A geh, so a schmarn! Wer bhauptn so wos?"

„Dei Vattan azeits beim Wirt umanand."

Lorenz ärgert sich und die schöne Stimmung ist im nu dahin.

Wie soll er denn Charlotte erklären, dass es seinem Alten nur um das verfluchte Geld geht.

Rückt er durch das Verhalten seines Vaters, nicht selbst in ein ungünstiges Licht?

Er liebt Charlotte so sehr, es würde ihm das Herz brechen, wenn sie derart schlecht von ihm denken würde!

Ohne nachzudenken, lässt er seinen Gefühlen freien Lauf.

Lorenz streicht über ihre weichen Wangen. Seine andere Hand legt er um ihre Taille und zieht sie ohne zu zögern, ganz nah an sich heran.

Es streicheln nicht mehr seine Finger, sondern sein warmer Atem über ihr Gesicht – Charlotte erschaudert!

Noch fester sinkt sie in seine Arme und in ihr Herz pocht

bis zum Hals.

Lorenz halb geöffneter Mund umschließt den ihrigen und seine Hand wandert zu ihrem tief ausgeschnittenen Dekolletee.

Er spürt ihre weichen, wohlgeformten Brüste unter dem dünnen Stoff ihres Kleides und sein Körper schmerzt bereits, so stark ist sein Verlangen nach ihr.

Letztendlich siegt aber doch seine Vernunft. Zu wichtig ist Charlotte für ihn – ihre Gefühle, was sie denkt- als das er seine Lust bei der erstbesten Verabredung an ihr stillt!

Liebevoll sieht er in ihre Augen und kann in ihnen das gleiche Bedürfnis und Verlangen erkennen, wie bei sich selbst. Und diese Tatsache macht ihn unendlich glücklich!

„I bi voier Glik! No nia hod mi a Bursch so drugt wia du."

„Glab ma, d Johanna werd i nia mois heiran!"

In diesem Moment ist es Lorenz auch wichtig, Charlotte von seinen Eltern zu erzählen.

„Mein Vatta geds nua ums Goid! Friast, eus meine Eutern keirat ham, hams ned fui kod. Den Hof hams se se daspad und daabat. Mei Vatta is scho oft ins Wirtsheisl ganga und hods Goid vasuffa. Bes un grantlat is a dann und schlogt scho a moi zu! Da kumt erm Johanna grod recht, do gangat a Goid eine."

„Und dei Muttan, wos sogt de?"

Der bitterer Gesichtsausdruck von Lorenz verändert sich. Güte und Wärme machen sich auf seinem Gesicht breit.

„De is herznsguad! Sogt imma zmir, heirat nie ohne Liab im Herzn! Ausadem hodsas megli gmacht, das i bi zum

End ind Schui geh konnt und d Hofabat hods dawei fir mi übanoma."

Zufriedenheit macht sich auf dem Gesicht von Charlotte breit. Mit Sicherheit wäre sie verzweifelt und unglücklich gewesen, wenn sich das dumme Gerede der Leute bewahrheitet hätte.

Sie ist erst fünfzehn Jahre alt und hat wenig Erfahrung mit Burschen.

Doch Lorenz ansprechende Art und wie er mit ihr, aber auch mit seinen Mitmenschen umgeht, beeindruckt sie sehr – ein interessanter junger Mann!

„Du schaugst mi lieb o, wos dengstn grod Charlotte?"

Das junge Mädchen wird bis zu beide Ohren rot, aber sie sagt trotzdem offen und ehrlich was sie denkt.

„I dat di gern wida seng Lorenz."

„I di a und da bring i da a wos mit!"

# Der traurige Weg in die Freiheit

**J**a, so war er - der erste gemeinsame Abend am Fluss.
Wunderbar, nie wird Lorenz ihn vergessen!
„Wird Zeit, das is beud wida sig. Bin gspannt, ob da Anhänga ihr gfoid?"
Zufrieden mit seinem Werk, dreht er das Lederband zwischen seinen Finger und drückt den herzförmigen Anhänger behutsam an seine Lippen.
Doch plötzlich kommt ein lautes Krachen aus der Küche.
Es lässt ihn erschrocken aufhorchen und das gleichzeitige Wehgeschrei seiner Mutter, fährt ihn bis in die Glieder.
Erneut steigt panische Angst in ihm auf. Er kommt einfach nicht gegen diese Furcht an!
Gleichgültig, ob er jetzt von diesen Angstattacken Atemnot bekommt oder nicht, seine größte Sorge gilt in diesem Augenblick nur seiner Mutter.
„Wos macht da, da eud Blerheus? Hoffentli durda ihra
ka Gwoid o?"
Lorenz stürzt den Gang entlang und reißt die Küchentüre auf.
Die Obstschale aus Ton liegt zerbrochen auf dem Boden und das Obst kugelt über die Dielenbretter.
Er sieht, wie sich sein Vater bedrohlich nahe über seine Mutter beugt und laut auf sie einschimpft.
„Du bled Henna! Wos wuist mit da Liab, davo ko ma si nix kaffa."
Lorenz tritt schnell auf seinen Vater zu und legt ihm seine Hand auf die Schulter. Mit besänftigendem Ton versucht er den Alten von seiner Mutter abzulenken.

„Lass guat sei Vattan. I heirat ka Madl, de I ned liab!"

Bis Lorenz sich versieht, packt der Vater ihn am Handgelenk und dreht ihm den Arm auf den Rücken.

Dem Burschen stockt der Atem - ein höllischer Schmerz zieht sich bis in seine Schulter!

„Lass mi los, du duast ma weh!"

Als die Mutter versucht ihrem Sohn zu helfen, wird sie von ihrem Mann grob zurückgestoßen. Der Stuhl kippt mit samt seiner Frau nach hinten und polternd schlägt sie mit ihrem Kopf auf dem Boden auf.

„Bevor i di los las schwerst, das d Johanna heirast!"

„Nia im Lem wer i des doa!

Lorenz Augen glühen vor Zorn.

Aus den Augenwinkeln erkennt er, dass seine Mutter sich stark benommen an ihren Hinterkopf fast. Mit letzter Kraft, versetzt er seinem Vater einen derart heftigen Tritt gegen das Knie, das dessen Knochen knacken und er zusammensinkt.

Als der Junge frei ist, kümmert er sich sofort besorgt um seine Mutter. Er beugt sich über sie und versucht ihr aufzuhelfen.

„Kum Muttan, schde auf."

Die Stimme versagt ihr, als Antwort bekommt er nur ein heiseres Flüstern.

„I ko ned. Mei Kopf und Ohn, in dene sausts wi wuid."

Lorenz nimmt ihren Arm und legt in sich um den Hals. Vorsichtig greift er unter ihre Axel und stemmt sie hoch.

„I bring di in Kamma. I glab es is bessa, wenns di hilegst."

Langsam schleift er sie von der Küche in das elterliche Schlafzimmer und legt sie behutsam ins Bett.

Als er das Kissen zurechtrutscht, bemerkt er, dass ein wenig Blut aus ihrem rechten Ohr läuft.

Sachte streichelt Lorenz seiner Mutter über die Stirn.

Wieder greift diese panische Angst nach ihm und legt sich dabei schwer um seine Brust. Tiefe Sorgenfalten zeichnen seine Stirn, der Junge ahnt schlimmes.

„Des bdeit nix guats, wenn Bluad ausn Ohrwaschl laft. Mutta, i hoi an Dokta!"

Doch da antwortet sie bereits nicht mehr.

Erneut berührt er ihr Gesicht und dabei fühlt sich ihre Haut kalt und schwitzig an, ihr Atem geht flach.

Eilig verlässt er den Raum. In Gedanken ist er längst auf dem Weg zum Arzt.

Als er an der Küche vorbeigeht, reißt ihn der Anblick seines Vaters aus der Besinnung.

Der junge Mann stockt und betrachtet verächtlich, wie der Alte versucht, sich an der Tischkante hochzurappeln, aber ohne Erfolg!

Der Vater gerät dadurch immer mehr in Rage und ist völlig erzürnt darüber, dass sein eigen Fleisch und Blut es wagt, ihm solche Schmerzen zuzufügen.

„Der ko wos dalem! Wen i den in d Finga grig, dem brich i ole Knocha."

„I hob koa Fuacht mehr vo dir."

Der Kopf des Alten fährt herum und mit eiskaltem Blick fixiert er seinen Sohn.

„Wie kostas wong, d Hand gega dein eignan Vatta zhem?"

„Hob i a Weu kod?"

„A Zucht un a Odnung, de muas sei!"

„Na, du bist vui zweit ganga. So get ma net mit seine Laid

um.“

„Awos, zimpali seids ole zwoa!“

„Koan Foi wernd Mutta und i mehr mit dir unta orn Dach lem!“

„Wos soi des hosn?“

„I hoi an Dokta für Mutta, sie bluat ausn Ohrwaschl. Und danoch meud i di beim Gmeindevorsteha!“

Entsetzt lehnt sich der Vater ans Tischbein und schnappt mühsam nach Luft.

„Dlängste Zeit bist mei Bua gwesn, wennst des wagst!“

„Wurscht is ma, an Vatta, der nur zurdrischt, den brach i ned!“

Und damit ist das Gespräch für Lorenz beendet, er möchte mit diesem gewalttätigen Menschen, auch wenn es sein eigener Vater ist, nichts mehr zu tun haben!

Gleichgültig wie es dem Alten gesundheitlich geht, Lorenz verlässt mit eiligen Schritten das Haus und macht sich auf den Weg in den Ort.

Bedauerlicherweise trifft Lorenz auf der Krankenstation den Arzt nicht an. Aber die Krankenschwester verspricht ihm, den Doktor sofort zu ihnen nach Hause zu schicken, sobald dieser zurück ist.

Als der junge Mann das Armenhaus wieder verlässt, hadert er mit sich selbst.

Soll er sich nun wirklich trauen, seinen Vater beim Gemeinderatvorsteher anzuzeigen?

„Doch, i durs!“

Als Lorenz soeben das Rathaus betreten will, ruft eine vertraute Stimme seinen Namen.

„Lorenz! Sche di zum seng."

Charlotte gerade jetzt zu treffen, ist Lorenz sehr unangenehm. Er ist viel zu aufgewühlt und außerdem in großer Sorge um seine Mutter.

Was würde sich Charlotte bloß denken, wenn er ihr von den schrecklichen Dingen, die bei ihm zu Hause vorgefallen sind, berichten würde?

Am liebsten würde er selbst reis aus von Daheim nehmen, so belastend sind dort die Zustände für ihn.

„Grias de Charlotte."

Lorenz gibt sich zurückhaltend. Sein Verhalten ist vollkommen anders als wie sonst.

Charlotte spürt, dass irgendetwas nicht stimmt. Aufmerksam betrachtet sie den jungen Mann.

„Wos isn los?"

„Nix. I hob koa Zeit, i muas wieda horm."

„Aba du bist sonst a ned so seidsam."

„I bit di sche Madl – las orfach guat sei!"

„Hob i domois wos feusch gsogt oda do am Fluss?"

Lorenz ist hin und her gerissen. Soll er Charlotte erzählen was passiert ist oder nicht?

Wenn er allerdings ernsthaft die Absicht verfolgt, sie zu bitten, eines Tages seine Frau zu werden, dann hat sie ein Recht darauf, zu erfahren was passiert ist.

„Na host ned."

Im Gegenteil, denkt Lorenz, spricht es aber nicht aus.

Er hat sich an dem Abend wirklich so zusammenreißen müssen, um nicht über sie herzufallen und sein Verlangen nach ihr zu stillen.

Mit hängenden Armen steht er Charlotte gegenüber und

sieht sie traurig an.

„Da Vatta hod Mutta mitn samten Stui gschdessn."

„Waruma des?"

„Da Grobian hod mi backt un bi i gschagt hob, hoda ma dn Arm umdrat."

Voller Mitgefühl nimmt sie seine Hand.

„Und wos is dann gscheng?"

„D Mutta woit ma heifa und da hodas mit samt an Stui umgschdessn."

„Hodse sie wehdo?"

„Mitn Schel is aufn Bon gfoin und bliad ausn Orwaschl."

„Und dei Vatta, wos is mit dem?"

„Knocha hob i erm brocha!"

Bestürzt weicht die junge Frau einen Schritt zurück und lässt seine Hand fallen.

„Bist völli odrat?!"

Freilich sieht Lorenz in Charlottes Erschrecken sofort die befürchtete Ablehnung gegen seine Person.

„Wos häd I andas macha soin? Mutta oda mi ebba wieda schlong lassn?"

Tränen seelischer Schmerzen füllen seine blauen Augen und seine wohlgeformten, vollen Lippen beben vor Groll.

Für Charlotte steht außer Zweifel - Lorenz hat seinen Vater nicht grundlos verletzt!

Abscheulich muss das Verhalten des Vaters gegenüber seines Sohnes und dessen Mutter gewesen sein!

Die Angst von Lorenz, um die körperliche Unversehrtheit der Mutter und um seiner selbst, lässt sogar den größten Gefühlsdusel erahnen, wieviel emotionales und körperliches Leid er bisher ertragen musste.

Sie würde sich niemals anmaßen, über Lorenz Verhalten zu urteilen, letztendlich war sie auch zu keiner Zeit dabei.

Trotz dieser unglücklichen Geschichte macht dieser Bursche sie irgendwie neugierig!

Charlotte weiß natürlich, dass es jetzt nicht gerade der geeignetste Zeitpunkt ist, ihm das zusagen. Aber bereits am Fluss hätte sie es zugelassen, mehr mit ihm zu erleben.

Tja notgedrungen – es bleibt ihr auch schon nichts anderes übrig – beendet sie lieber ihre blühende Phantasie!

„Und wos wuistn im Ratheisl?"

„An Vatta meidn."

„Lass sei Lorenz. Es wird si scho a andra Weg findn."

„Mornst wirkli?"

„Mach di mit deim Vattan ned no unglicklia, eust eh scho mit erm bist!"

Einsichtsvoll nickt Lorenz mit dem Kopf.

„Dann mach i mi glei zruck aufn Weg zum Hof. I dad mi a weng bessa fuin, wenn i di bei mir häd, kumst mit?"

Charlotte zögert nicht lange.

„Freili kum i mit!"

Auf dem Rückweg unterhalten sich die beiden kaum miteinander, nur ihre Hände haben sie eng ineinander verschlungen.

Viel zu vordergründig ist die furchtbare Situation, mit der Lorenz sich auseinander setzen muss. Er merkt aber, wie beruhigend Charlottes Nähe für ihn ist.

Als sie sich dem elterlichen Hof nähern, entdecken sie den Einspänner.

„Des werd da Dokta sei!"

Lorenz wird es flau im Magen, seine Schritte werden unweigerlich schneller. Hoffentlich ist es mit seiner Mutter nichts Ernstes!

„Laf vor Lorenz, i kum da dann scho nache."

Charlotte lässt sich absichtlich Zeit. Sie will auf keinen Fall, diese familiären Situation stören.

Als damals ihre eigene Mutter verstarb, empfand sie es als äußerst unangenehm, in diesem Moment Menschen um sich zu haben.

Kaum das das junge Madl den Hauseingang betreten hat, da vernimmt sie auch schon einen grauenhaften Schrei.

Dieser klingt so wehmütig und traurig, dass es Charlotte ganz schwer ums Herz wird.

Behutsam schreitet sie den Flur entlang und bleibt dann vor einem Zimmer stehen, aus dem sie ein herzzerreißendes Schluchzen hört.

Langsam drückt sie die Tür auf.

Lorenz sitzt am Kopfende des Bettes, mit dem Rücken zu ihr. Verkrampft hält er die kalte und schlaffe Hand seiner Mutter zwischen seinen Händen.

Charlotte kann sein von tiefster Traurigkeit gezeichnete Gesicht nicht sehen, bloß erahnen!

Auf der anderen Bettseite steht ein älterer, großgewachsener Mann mit einer ledernen Tasche.

Sie erkennt ihn sofort wieder! Von damals, als ihre Mutter starb, war er auch da.

Charlotte fröstelt es, das alles hier ist so schrecklich!

Unsicher wendet der Doktor sich an Lorenz. Irgendetwas bedrückt den Mann, das merkt Charlotte rasch.

Ein lautes Räuspern durchdringt den Raum.

„Ich konnte leider nichts mehr für deine Mutter tun. Sie war bereits verstorben, als ich ankam."

Lorenz beißt sich vor Bitterkeit auf die Unterlippe.

„Bevor ich den Bestatter benachrichtige, gibt es noch was, dass ich dir zeigen muss."

„Dn Bstatta ko mei Vatta hoin, schließli hoda mei Muatta a aufn Gwissn!"

Grimmig starrt der junge Mann auf das bleiche Gesicht seiner Mutter.

„Das kann er aber nicht mehr – er hat sich im Stall erhängt."

Jegliche Farbe weicht aus Lorenz Gesicht, er wird immer blässer. Wie ein angeschossenes Tier stiert er den Doktor an - für ihn ist das, was er soeben hörte unfassbar!

Auch Charlotte ist erschüttert.

„Um Gods wuin! Lorenz wos machstn jetzt?"

„Ko Anung?"

„Kommt, wir müssen ihn vom Balken abmachen und herunterheben."

Nur ungern und zögerlich erhebt sich Lorenz vom Bett seiner geliebten Mutter. Charlotte zupft ihn deswegen am Hemdsärmel.

„Du konst nix mehr für sie dor, kum da Doktor bracht di!"

Zu dritt verlassen sie die Schlafkammer und gehen in den Stall, der am Wohnhaus angrenzt. Weiterhin kreidebleich und mit wackeligen Schritten, folgen sie mit etwas Abstand dem Arzt.

Beim Gehen legt Lorenz eine Hand auf die Schulter von Charlotte und zieht sie dadurch näher zu sich heran.

„I bi so froh, dast bei mir bist."

„Es warat sche gwesn, wenn ma uns unta andre Umständ wieda gseng hättn, glamas Lorenz!"

„I woas scho! Eus ma uns vor boar Dog gseng ham, war eus no andas."

Charlotte lehnt ihren Kopf an seine Schulter.

„Ja so schneii kons geh! Korne Eutern mehr, jetzta bist ganz aloa."

„Bi i des wirkli – aloa?"

Charlotte versteht die Zweideutigkeit von Lorenz Worten sehr gut. Sie würde nichts lieber tun, als ihn um den Hals nehmen und sagen, dass sie sich in ihn verliebt hat!

Aber es passt jetzt einfach nicht, der Zeitpunkt dafür ist äußerst ungünstig.

Charlotte bleibt stehen und schaut ihm tief in die Augen. Hoffnung und Schmerz spiegeln sich darin.

„Lass unsra Liab Zeit, i gspier, de is wos bsondas! Kimat di erst amoi um dei Mutta un an Vatta!"

„Nun komm endlich Junge und nimm ihm die Schlinge vom Hals. Ich kann ihn schließlich nicht ewig halten!"

Das Gesicht des Doktors ist vom heben der Leichnams schon ganz rot angelaufen.

Lorenz nähert sich nur wiederwilligst dem leblosen Körper seines Vaters. Ihn wohlmöglich berühren zu müssen, behagt dem Jungen gar nicht.

Plötzlich schweifen seine Gedanken in die Vergangenheit.

Er kann sich eigentlich nicht erinnern, wie es sich anfühlte, als sein Vater ihn zu Lebzeiten in den Arm nahm?

Hat er das überhaupt getan? Ihn mit körperlichen Gesten seine väterliche Liebe gezeigt?

Nein – beim besten Willen, er kann sich an kein einziges Mal erinnern!

Aber an die Wutausbrüche, mit den wüsten Beschimpfungen, die hat Lorenz noch gut in den Ohren. Und die Schläge, die sind ihm noch gegenwärtig!

„Charlotte komm her und steige du auf den Hocker. Ich habe bald keine Kraft mehr!"

Das Madl hilft dem Doktor und mit vereinten Kräften gelingt es ihnen, den schweren Körper unversehrt auf den Boden zu legen.

„Warat net foisch, wenn ma dn Vatta zur Mutta ins Bett eine legn dadn. Wos monstn du Lorenz?"

Aber der junge Mann hört gar nicht zu, er ist immer noch komplett in seiner Gedankenwelt gefangen.

Der Doktor gibt ihm einen leichten Schubs.

„He Lorenz! Charlotte hat dich gefragt, ob wir deinen Vater am besten zu deiner Mutter ins Haus bringen sollen?"

„I glangan gwiss nima oh!"

Charlotte schüttelt bedauernd den Kopf.

„Des is imma no dei Vatta und davor hod ma orfach a Acht!"

Lorenz Gesicht bekommt einen höhnischen Ausdruck.

„Ihr zwoa kents eich gor net vorstoin, wos da Mutta und mir mit erm eus gscheng is!"

Lorenz Blick verweilt lange auf dem leblosen Körper seines Alten.

„Achtsam hob is sei missn, mei ganz Lem lang! Do is koa Ploz mehr für a Acht oda Ehr – hobs mi!"

Ohne ein weiteres Wort zu verlieren, geht er ins Haus zurück.

Noch ein letztes Mal möchte er seine Mutter sehen und berühren, bevor er sich für immer von ihr verabschieden muss!

Lorenz hat sie endlos geliebt. Sie hat alles getan, damit es ihm gut ging. Sie war warmherzig, intelligent und gebildet.

Auf Bildung legte sie auch bei ihren Buben wert. Sie hatte es schwer, sich bei ihren Mann, was den Schulbesuch anbelangte, durchzusetzen. Aber letzten Endes hatte sie es doch geschafft.

Zusätzlich übernahm sie zu ihrem Teil noch Lorenz Hofarbeiten, damit der Sohn in die Schule gehen konnte. Der Vater hatte dafür überhaupt nichts übrig.

Lautlos betritt Lorenz die Kammer. Er schließt die Tür hinter sich und nähert sich langsam dem Bett seiner Mutter.

Andächtig faltet er seine Hände und beginnt für sie zu beten. Leise spricht er das Vaterunser.

Auch seinen Vater bezieht er in sein Gebet mit ein. Dadurch möchte Lorenz den ersten Schritt tun, um mit sich und seiner familiären Vergangenheit ins Reine zu kommen.

Als er seine Andacht zu Ende gesprochen hat, zieht er die Decke über das Gesicht seiner Mutter und verlässt den Raum – ab jetzt ist er für sich selbst verantwortlich!

In der Zwischenzeit steht in der Diele eine Ansammlung von Menschen.

Es hat sich flott herumgesprochen, was sich auf dem elterlichen Hof von Lorenz zugetragen hat.

Auch der Totengräber ist bereits da. Er reicht dem jungen

Mann die Hand zum Beileidsgruß und Lorenz gibt den Leichnam seiner Eltern zur Bestattung frei.

Charlotte, die etwas abseits der Menge steht, wird bewusst, dass es keine Selbstverständlichkeit ist, in einer liebevollen Familie groß zu werden.

Sie hat diese Dinge, die Lorenz Seele scheinbar schwer belasten, zum Glück nie erleben müssen!

Da sind tröstende Worte fehl am Platz, drum dreht Charlotte sich auch um und geht.

Was Lorenz jetzt braucht ist Zeit!

Genügend Zeit, alles zu verarbeiten, um danach frei zu sein für ein neues Leben. Vielleicht möchte er es dann mit ihr verbringen – Charlotte wäre überglücklich!

# Ein Wiedersehen mit Charlotte

Etliche Wochen sind nun seit dem Tod von Lorenz Eltern vergangen.

Zu Anfang war es keine leichte Zeit für ihn. Sehr lange saß ihm der Schock von der Gewalttat seines Vaters, tief in den Knochen.

Außerdem  war er es nicht gewöhnt, selbst für sich zu sorgen. Kochen, putzen, Wäsche waschen, dass hatte immer seine Mutter erledigt.

Zum Glück erreichte er schon bald nach den Todesfällen das achtzehnte Lebensjahr. Ein Vormund blieb ihm damit erspart.

Zum ersten Mal konnte er seine eigenen Ideen auf dem Hof ausprobieren. Und siehe da, sie gelangen ihm!

Der Schweinestall ist wieder richtig ordentlich und reinlich geworden.

Zuerst vergrößerte er das viel zu kleine Fenster. Dadurch kam endlich ausreichend Licht in den Stall. Außerdem stank es nicht mehr so erbärmlich, weil sich durch die Erweiterung, die Belüftung um einiges verbesserte.

Lorenz wollte das Guckloch schon zu Lebzeiten seines Vaters verändern, aber es hatte überhaupt keinen Sinn, mit dem Alten darüber zu reden.

„Kost eus zfui Goid", hat er immer geantwortet.

Aber wenn Lorenz die Schweine gesund erhalten wollte, blieb ihm nichts anderes übrig, als in den Stall zu investieren. Das Jauchelager hat es dringend nötig gehabt, ausgebessert zu werden und die Schweinebuchten hat er ebenfalls vorteilhafter unterteilt.

Allerhand Arbeit was das!

Aber die Schweine entwickeln sich prächtig und dementsprechend stolz ist auch Lorenz.

Eine Sache trübt aber sein Gemüt – nämlich Charlotte!

Drehte sie sich damals in der Diele einfach um und ging!

Lorenz vermisst sie sehr, aber zugleich ist er auch ein wenig verärgert über sie.

Scheinbar besitzt sie nicht genug Mut ihm ins Gesicht zu sagen, dass sie nach den damaligen Vorkommnissen, nichts mehr von ihm wissen will – oder warum lässt sie sich sonst nicht mehr bei ihm blicken?

Stattdessen verschwindet sie klamm heimlich und bis zu diesem heutigen Tag, hört er nichts mehr von ihr!

Lorenz hat sich beim Handwerkern im Stall einen großen Holzspan dermaßen fest in die Seite seines Daumens gerammt, dass er unbedingt Hilfe braucht, um dieses Unding wieder zu entfernen.

Ihm bleibt also nichts anderes übrig, als sich auf den Weg zur Krankenstation zu machen.

Als er das Armenhaus betritt und die Tür zur Station öffnet, macht sein Herz einen Sprung!

„Charlotte, wos machstn du do?"

„Grias di Lornez, sche di zum seng!"

Das unerwartete Zusammentreffen macht Charlotte verlegen, eine leichte Röte überzieht ihre Wangen.

Es stehen noch viele unausgesprochene Dinge zwischen ihr und Lorenz und auf eine Begegnung mit ihm war sie nicht vorbereitet.

„Orbatst du jetzt do?"

„Ja i wui Grangaschwesta wern."

Charlotte übernimmt zwar nur leichte Tätigkeiten auf der Station, die kein großes medizinisches Wissen erfordern, ihr aber die Möglichkeit bieten, erste Erfahrungen in diesen Beruf zu sammeln.

„Du host die ja valetzt, kum gib ma meu dei Hand."

Besorgt betrachtet sie den geröteten Daumen

„Is net arg. Des hoid i scho aus."

Lorenz beißt sich verhalten auf die Zähne, aber Charlotte merkt es trotzdem, dass er Schmerzen hat.

Vorsichtig berührt Charlotte die Haut um die Einstichstelle. Der Daumen ist ziemlich geschwollen.

„Des schagt ja greisli aus, setz di do aufd Pritschn. Es kumt glei wer."

„Konst du des net macha?"

„Na des derf i net."

Nachdem Lorenz sich auf die Liege niedergesetzt hat, zieht Charlotte den Trennvorhang zu und macht sich daran, die Nische zu verlassen. Doch Lorenz hält sie an ihrem Arm zurück.

„Seng ma uns boid wieda?"

Mit leiser Stimme wendet sich Charlotte im zu.

„Na Lornez, des gäd ned."

„Und waruma ned? Mogst mi nimma?"

„Ach geh – machs uns doch ned so schwar!"

Lorenz verzieht seinen Mund zu einem abschätzenden Grinsen und erhebt seine Stimme so laut, dass andere bestimmt hören können, was er sagt.

„Aha, stimmts euso doch, wos d Leid dratschn."

Charlotte hat keine Ahnung, was Lorenz damit meint. Zudem ärgert es sie gewaltig, dass alle um sie herum mithören können, was sie beide reden.

„Red leisa, schließli abat i do."

Lorenz denkt gar nicht daran, viel zu sehr geistern ihm Bilder von Charlotte und diesem Hallodri durch seinen Kopf. Völlig aufgebracht, weiß er überhaupt nicht mehr, was er sagt.

„Von dir häd is ma ned glabt, dasd a leichts Madl bist und di glei danoch an dn Hois von an andan hängst."

Charlotte schüttelt verblüfft ihren Kopf.

„Da konst dei Hirnkastl scho schidln! Hosta dacht, wenns mit an Lorenz net laft, hoi i ma orfach an Xaver."

„I glab, du brachst a saubade Watschn!"

Kaum hat Charlotte den Satz zu Ende gesprochen, ladet ihre Handfläche klatschend auf Lorenz Wange.

Wütend dreht sich das junge Mädchen um und verlässt die Vorhangnische.

Beinahe wäre sie dabei mit ihren beiden Kolleginnen zusammengestoßen, die nicht weit vom Vorhang standen und tuschelten.

Lorenz versteht Charlottes kommentarlosen Abgang als Bestätigung seiner Worte und schimpft deshalb weiter ungehalten vor sich hin.

„Den Xaver, wenn i den as nächste Moi beim Wirt drief, der ko wos dalem!"

Feuerrot vor Gischt fährt Lorenz zusammen, als der Arzt den Trennvorhang zur Seite zieht. Der Mediziner dürfte in etwa das Alter von Lorenz haben.

„Junger Mann, was gibt es denn so aufregendes, das sie mir deswegen die Hütte zusammen schreien?"

Trotzdem das Lorenz verlegen wirkt, fährt der Doktor mit

strenger Miene fort.

„Es wurde mir gesagt, sie sind wegen eines Holzspan im Daumen hier. Stattdessen verjagen sie mit ihrem Gebrüll meine geschätzte Helferin!"

Lorenz streckt dem Arzt seinen Daumen entgegen.

„Bittschen machans den Span aussa. I hob danoch no a wos dringes zum doa!"

Der Arzt betrachtet Lorenz mit ernstem Blick.

„Ich hoffe ich sehe sie nicht wieder, zumindest nicht hier auf meiner Krankenstation!"

„Mi gwies net, aba vielleicht an andan Burschn!"

Ohne noch weiter ein Wort zu verlieren, macht der Arzt sich an die Arbeit und entfernt mit viel Geschick den Schiefer aus Lorenz Daumen.

Zum Glück dauert die Behandlung nicht allzu lange und Lorenz kann die Krankenstation wieder ziemlich schnell verlassen.

Aber Charlotte hat er dabei nicht mehr zu Gesicht bekommen. Gefühle der Enttäuschung, aber auch Wut machen sich in ihm breit.

„I häd ma dacht, sie mog mi a. Des ko i ma doch eus net eibuid hom."

Zuhause angekommen, begibt er sich schnurstracks in die Küche und schenkt sich erst einmal einen Schnaps ein. In seinem Frust werden aber aus einem Glas gleich mehrere Rachenputzer, deren Wirkung sicher nicht lange auf sich warten lässt.

Lorenz gerät immer mehr in Rage. Das Zeug macht ihn richtig aggressiv!

Seinen Vater hat er dafür gehasst, wenn dieser betrunken

war. Mutter und Sohn mussten dann häufig den Suff des Alten ausbaden.

Heute, an diesem Tag des Wiedersehens mit Charlotte, sind ihm die Folgen des Trinkens egal! Viel zu tief sitzt die Verbitterung wegen diesem Xaver, als das er sie ignorieren und zum Alltag hätte übergehen können.

Als die Dämmerung einsetzt, macht Lorenz sich auf in Richtung Wirtshaus. Sein Gang schwankt gewaltig und das Sprechen fällt ihm schwer.

Er weiß, dass Xaver abends gerne mal auf ein Bier in die Schenke geht und er erhofft sich, ihn auch heute dort zu treffen.

Als Lorenz im Wirtshaus ankommt, herrscht darin bereits reger Betrieb. Alle Tische sind besetzt, dass kann er gerade noch erkennen. Ansonsten ist sein Blick verschleiert und manche Personen sieht er sogar doppelt auf ihren Stühlen sitzen.

„Heh Lorenz", schreit der Wirt mit rauer Stimme, „suchst du jemand, weil du gar so genau die Leute anschaust?"

„Ja, an … an Xaver. Hostn eb … ebar gseng?"

Lorenz tut sich schwer beim Antworten, seine Aussprache hat einen lallenden Ton. Den Wirt wundert es, kennt er doch den jungen Mann ganz anders. Sein Vater war ihm als Trinkbold bekannt, aber der Sohn eigentlich nicht.

„Ja, da hinten sitzt er."

Der Wirt deutet in die hinterste Ecke des Raumes, aus deren Richtung fröhliche Stimmen und lautes Gelächter zu hören sind.

Lorenz dreht sich wie ein Kreisel um die eigene Achse. Bis er wieder in die richtige Spur kommt, vergehen ein paar Sekunden.

Durch seine stolpernden Schritte zieht er die Aufmerksamkeit der anderen Gäste voll auf sich. So mancher beginnt hinter vorgehaltener Hand über ihn zu tuscheln.

„Mein Gott, schaut`s ihn an! Wie sein Vater in den besten Zeiten", verhöhnt ihn ein alter Mann.

„Hoits Mei, du euda Depp!"

Lorenz ignoriert das dumme Geschwätz. Für ihn zählt nur noch dieser Xaver und dessen Techtelmechtel mit Charlotte.

Es ist nicht mehr weit bis zum Tisch des Nebenbuhlers und seinen Freunden. Doch Lorenz Füße, sie geraten regelrecht ineinander und es besteht für ihn keine Möglichkeit mehr, den Sturz abzufangen.

Unausweichlich knallt er mit voller Wucht auf die Holzbretter.

Die anderen jungen Männer sind sofort bei ihm und machen sich schnell daran, Lorenz auf die Beine zu helfen.

Auch Xaver packt mit an.

„Los, auf drei! Eins, zwei und d ...“

Zum weiterzählen kommt Xaver nicht mehr, denn bis er sich versieht, packt Lorenz seinen Fuß und reißt ihn zu Boden.

Xaver landet unsanft auf seinem Gesäß, es brennt wie Feuer. In seinem Zorn versetzt er Lorenz einen heftigen Tritt in die Magengrube, so dass diesem für einen Moment die Luft wegbleibt. Der Schmerz macht es Lorenz umöglich durchzuatmen, deshalb schnappt er wie ein gestrandeter Fisch nach Luft.

Xaver ist während dessen wieder auf den Beinen. Er weiß

überhaupt nicht, warum Lorenz eigentlich auf ihn losge-
gangen ist. Mit fragenden Blickt wendet er sich an seine
Freunde.

„Wists ihr, warum a so spinnt?"

Ratlos schütteln sie allesamt den Kopf. Nur einer ist dabei, der glaubt zu wissen, was los ist.

„I kannt ma vorstoin, das da Grund Charlotte is."

Belustigt wirft Xaver seinen Kopf in den Nacken.

„Ah geh, bloß wei i bomoi mit ihr gred hob, bracht da
doch net glei so aufgeh!"

„Worst scho", plappert Xavers Freund weiter, „de Leid
ren hoid gern und dichtn oftmois a wos dazu."

„Do gibt's nix zum dazudichtn. A bissal busslt hob i heud
mit der Drutschn, aba mehr scho a ned."

Die Freunde von Xaver prusten laut los und halten sich
vor Lachen ihre Bäuche. Denn die folgenden Sprüche, wie
„hods die ned glassen" oder „host ned kenna Xaver",
gefallen Lorenz überhaupt nicht und stacheln seinen Unmut erneut an. Am liebsten würde er diesen arroganten
Trottel nach allen Regeln der Kunst verprügeln.

Aber der Tritt in den Bauch macht ihm arg zu Schaffen.

Es bereitet ihn große Mühe, überhaupt wieder auf seine
Beine zu kommen.

Während Xaver weiter dick aufträgt und sich mit seinen
Freunden beschäftigt, gelingt es Lorenz endlich, sich wieder aufzurichten. Nach vorne gekrümmt und sich mit
einer Hand den Bauch haltend, steuert er langsam auf
Xaver zu. Dieser kehrt ihm den Rücken und kann somit
nicht erkennen das ihm ein erneuter Angriff bevor steht.

Ein paar Freunde wollen ihn noch warnen, aber da ist es

schon zu spät.

Lorenz kräftige Hand landet grob auf Xavers Schulter. Er reißt ihn zu sich herum und bis sich Xaver versieht, hat er auch schon Lorenz Knie zwischen seinen Beinen.

Ein stechender Schmerz durchzuckt seinen Unterleib und stöhnend sinkt Xaver in sich zusammen.

Drohend baut sich Lorenz noch einmal vor ihm auf. Er packt ihn am Kragen seines Hemdes und rüttelt dabei den jungen Burschen hin und her.

„Las deine Bratzn von Charlotte. Nomoi wenn i wos her, brich i da jedn Finga ornzln!"

„Hör auf Lorenz, lass ich los!"

Der Wirt tritt zwischen die beiden Streithähne und hält sie alle zwei, je eine Armlänge voneinander entfernt.

„Ihr verlasst jetzt alle zwei mein Wirtshaus. Ich will euch so schnell hier hierin nicht mehr sehen."

Mit verärgerter Miene stößt er Xaver von sich.

„Xaver, du gehst als erster. Und lass in Zukunft die Weiber in Ruhe, zumindest die, die schon vergeben sind."

Mit starrem Gesichtsausdruck begibt sich der junge Bursche nach draußen.

Nur noch weg von diesem peinlichen Ort, denkt er sich. Panik überkommt ihn – Angst – für sein restliches Leben entstellt zu sein. Fieberhaft macht er sich auf den Weg nach Hause.

Währenddessen geht im Gasthof das Gezanke um Lorenz lebhaft weiter.

„Loslassn seust mi!"

Abgekämpft und schwach, versucht Lorenz die Hand vom Wirt abzuschütteln.

Dieser hält ihn am Arm fest und schiebt in unerbittlich in Richtung Ausgang.

„Geh erst mal heim und schlaf deinen Rausch aus. Am nächsten Tag sieht die Welt gleich wieder besser aus."

„Host das a kerd Wirt? Obusslt hod das! Mei Charlotte!"

„Geh! Glaub doch nicht alles, was der Xaver schwätzt!"

„Aba Charlotte hod doch seibst zurgem, das ma uns net seng kennan."

„Das heißt aber noch lange nicht, dass sie sich mit dem Xaver eingelassen hat."

„Ja scho, aba Dleid! De ren doch ..."

„Ach Lorenz weißt, wenn man der Wirt von am Gasthaus ist, dann hört man die Leute viel reden. Ob das Gerede wirklich stimmt, möchte ich bezweifeln."

Lorenz Miene hellt sich sichtbar auf.

„Du monst eba, des Madl und i, wir hom no a Glick midanant?"

„Ja freilich Lorenz, rede mit ihr. Möglicherweise will sie dir nur eine Weile für dich selbst geben.

„Des vasteh i net?"

„Schließlich ist in letzter Zeit viel um dich herum passiert. Der Tod deiner Eltern, dann der Hof – das muss erst mal verarbeitet werden."

Lorenz Augen strahlen. Wärme und Hoffnung machen sich in ihm breit.

„Mei bi i bled! Du kost fei wirkli Recht hom."

Der Wirt lächelt - so kennt er den Lorenz!

„Dankta sche, des Gspräch werd i da nia vagessn Wirt!"

# Familienglück

So war es damals vor sechzehn Jahren. Es lief nicht immer einfach für Lorenz und oftmals machte er sich das Leben selber schwer.

Doch er fand seinen Weg, genauer gesagt, er geht ihn – bis zum heutigen Tag, Seite an Seite mit Charlotte, seiner unsterblichen, großen Liebe.

Es ist Samstag, sechs Uhr morgens. Die Schweine sind versorgt und die Rinder auf die Weide hinter die Scheune geführt.

Lorenz hält inne.

Er nimmt sich ein bisschen Zeit, um die morgendliche Stimmung festzuhalten und in sich aufzunehmen – ab und zu macht er das gerne, es tut ihm gut.

Ja, do iss wieda des Gfui! I gspür Glick und Zfriedenheit. Allmächtiga Vatta im Himmi, i sogs da imma wieda, vagöits God!

Er spaziert zum Flussufer der Vils, die hinter dem Wohnhaus vorbeiführt. Über lange Zeit hat sie sich mit ihren vielen Flussschleifen, die durch Schrägen und Neigungen entstehen, zu einem typischen Hügellandfluss entwickelt.

Eine bestimmte Stelle, mit hohem Gras und selbstgebautem Holzsteg, macht diese zu Lorenz Lieblingsplatz.

Er setzt sich nieder.

Die Füße im Wasser baumeln zu lassen, dafür ist es in der herbstlichen Jahreszeit Anfang Oktober längst zu frisch.

Die Verfärbung der Laubbäume hat bereits angefangen.

Doch vor dem endgültigen Blätterfall, wird sich Gilbhart,

ein altertümlicher Name für den zehnten Monat im Jahr, mit seiner optischen Pracht zum goldenen Oktober entwickeln.

Solange Lorenz denken kann, bedeutet die dritte Jahreszeit im Jahr stets viel Arbeit. Das war früher, zu Lebzeiten seiner Eltern so und das hat sich bis heute nicht verändert. Seine Frau und die Kinder sind ihm dabei eine große Hilfe, sonst würde er es gar nicht schaffen!

Getreide mähen, Früchte ernten und verarbeiten, Heu einfahren, Felder umackern, alle diese bäuerlichen Tätigkeiten verrichten sie allesamt mit Leib und Seele.

Naa, in da Stood zarbatn und womegli no zleem zmiassn, des is nix für mi! I bi koa Stoodara!

Oh mei, des waar völlig geng mei Art, wenn i ma die Eng bloß vorstöi, so ganz ohne d Natur!

Die Bevölkerung industrialisiert sich immer mehr und es erfinden sich ständig neue Lebensweisen.

Aus diesen Gründen fühlt sich Lorenz auf dem Land, hier in Velden auf dem elterlichen Hof, ungemein wohl. Der Markt, im niederbayerischen Landgericht Vilsbiburg, ist ruhig und beschaulich.

In der Ortschaft stehen ein Rathaus, ein Schulhaus, hundertsiebenundsechzig Häuser, eine Ziegelhütte und eine Getreidemühle, dessen Wasserrad vom Flusslauf angetrieben wird. Hinzukommt ein Weinhaus, Brauereien, Bierwirtshäuser, ein Benefiziatenhaus und ein Armenhaus, dass sich aus dem frühzeitlichen Hospiz und Spital entwickelte.

Es leben ältere und bedürftige Einwohner des eigenen Marktes darin, die nicht mehr für sich selber sorgen können und auf die finanzielle Beihilfe von wirtschaftlich gut gestellten Bürgern, Kirche und Markt angewiesen sind. Verbunden ist das Armenhaus mit der Krankenstation, auf der Charlotte neben der Hofarbeit als Krankenschwester arbeitet.

Als ihre Schulzeit beendet war, wollte sie unter allen Umständen den Beruf der Krankenschwester erlernen.

Das Bestreben, anderen Menschen in ihrer körperlichen Not zu helfen, hat sie seit dem Tod ihrer Mutter nie mehr richtig losgelassen. Noch heute erfüllt es sie mit tiefer Traurigkeit, wenn sie an den Moment der Geburt ihres dritten Geschwisterchens denkt.

Elendige Schmerzen musste ihre geliebte Mutter ertragen. Stunden der Ewigkeit vergingen, in denen sie qualvoll dem Tod immer näher kam. Auch für die restlichen Mitglieder der Familie waren diese Stunden die Hölle.

Gedankenvoll streicht Lorenz über den Ehering an seiner rechten Hand.

Obwoi i scho lang mit ihr vaheirat bi, üba a Jahrzehnt, hod mi nia a andas Weibsbuid intressiert!

Göttli, de innige und diafe Vbundnheit zu ihr, tägli fui is aufs Neie! I liab so vui an meim Weibe.

Ihre brauna Aung, ihre schmoi Figur, ihre gschwungnan Libbm, ihre liabe Art – oafach ois!

Für mi warads unvorstoibar, a Leem ohne sie und unsan Kindan zführn.

Alle drei Nachkommen wurden in der schönen Pfarrkirche St. Peter getauft und folge dessen in die christliche Gemeinschaft aufgenommen. Lorenz und Charlotte sind gläubige und andächtige Menschen. Sie finden in ihrem

Glauben zu Gott die Kraft und den Sinn für ihr tägliches Leben.

Darum ist es ihnen von enormer Bedeutung, ihre Kinder ebenfalls zu glaubensstarken Menschen zu erziehen. Der sonntägliche Gottesdienst und die Tischgebete, sind für alle fünf zu festen Ritualen geworden.

Lorenz blickt in die Ferne und lächelt. Er stellt fest, dass trotz gemeinsamen Glaubens an Gott, seine Sprösslinge so unterschiedlich sind, wie Tag und Nacht.

Menschnskind, wenn i bloß an d Niedakunft denk, wie zwoaalor meine beidn Madln aufn Buam reagiert ham!

Maria, die älteste Tochter von Lorenz, war absolut eifersüchtig und besorgt um die Aufmerksamkeit ihrer Eltern.

Elisabeth, die Zweitgeborene, benahm sich andererseits ruhig und zurückhaltend. Das Mädchen ist allgemein ein verträumtes und stilles Kind. Zudem ist sie recht häuslich und hilft ihrer Mutter gerne im Haushalt.

Im Gegensatz dazu präsentiert sich Johannes aufgeweckt und fröhlich. Er spielt gerne draußen und zeigt großes Interesse am bäuerlichen Betrieb. Vielleicht übernimmt der Junge eines Tages den Besitz, sowie Lorenz ihn selbst von seinen Vater übernommen hat.

Damals sah das Anwesen noch ganz anders aus, da standen nur das Wohnhaus und der Stall. In den vergangenen Jahren hat Lorenz den Hof mehr und mehr erweitert, so dass ein beachtenswerter Vierseithof entstand.

Das Wohnhaus und drei Nebengebäude umschließen das landwirtschaftliche Gehöft von vier Seiten. Die Ecken werden durch Zäune und eine Tormauer abgeschlossen. Diesa Abschluss is a sakrisch wichtig, sonst vageng wahrscheinli koa onziga Tog, an dena Johannes uns net davo laft, schmunzelt Lorenz.

Seine Gedanken kehren wieder ins hier und jetzt zurück - er merkt, dass sich hinter ihm etwas bewegt.

„Na mei Liabsta, guat Moang! I ha ma scho dacht, dass i di hier find", grüßt Charlotte und tritt von hinten an Lorez heran.

Er dreht seinen Kopf, schaut an seiner Frau hoch und erwidert ihr mit gefühlvoller Stimme.

„Tja, wenn i di so siag, da geht Sonna a zwoats moi für mi auf", nimmt ihre Hand und zieht Charlotte zu sich herunter.

Als sie neben ihm sitzt, küsst er sie zärtlich auf den Mund und legt dabei seinen Arm um ihre Schultern.

„Dir a an guan Moang!"

Lorenz betrachtet Charlotte genauer von der Seite und findet, das sie ein wenig blas um die Nase wirkt.

„Is gestan Omd spat gwon in da Abad?"

„Eus i in Kamma bi, host scho gschnacht."

Vielsagend und schelmisch grinst er sie an.

„Schod, i häd gern no a bissal mit dir g ... "

„Geh zu Lorenz – schamst di ned?"

„Waruma?" I weudat nu song, das i no gern a bissal mit dir gred häd!"

Neckisch zwickt Charlotte ihren Mann in die Seite.

„Ja, ja – wers glabt!"

Lorenz zieht sie wieder in seine Arme zurück und drückt ihr einen dicken Schmatz auf die Wange. Ernsthaftigkeit kehrt in sein Gesicht zurück.

„I hobs ned vagessn, wos da Dokta domois gsogt hod, koa

vierts Kind derfst mehr grieng.

Eigentlich hat seine Frau die Geburt von Johannes, nur durch ein Wunder Gottes überlebt. Und der Sohn ebenfalls.

Wenn es ginge, würde Lorenz diese furchtbare Zeit am liebsten für immer aus seinem Gedächtnis löschen.

Dabei war am Anfang alles wunderbar. Es fing damit an, dass Charlotte ihn eines Abends nach getaner Hofarbeit, mit einer deftigen Brotzeit überraschte.

Im Grunde wäre sie zur Arbeit auf der Krankenstation eingeteilt gewesen, hat sich aber zu seiner Freude, für diesen Abend freigenommen. Auch seine beiden Mädels hat sie bereits zum Schlafen in ihre Kammern geschickt. Somit waren sie ungestört und konnten sich ganz auf sich konzentrieren.

„Spozl, a so a zimpftige Sach! Muast heid ned abadn?"

„Na. I hob ma frei gnomma."

„Und Madln san woi a scho schlafa, weis ga so stad is?"

Charlotte nickt bedeutsam mit dem Kopf.

„Kum setz di hi. Mogst a Kantn Brod zum Speg und de Or?"

„Freili, a frisch Bachans mog i imma."

Nachdem Lorenz seinen vollbeladenen Teller mit großem Appetit verdrückt hat, genehmigt er sich einen Krug kühles Bier aus dem Fass in der Speisekammer.

Er hat es sich zur Regel gemacht, nur gelegentlich ein Bier zu trinken.

Auf keinen Fall will er seiner Familie gegenüber ein versoffener Ehemann und Vater sein, so wie er es selbst in seiner Kindheit hatte erlebt musste.

Nachdem er mit dem Bierkrug wieder am Tisch Platz genommen hat, möchte er jetzt doch gerne wissen, was es mit der trauten Zweisamkeit auf sich hat.

„Wos is los Weibal, wo druckt da Schua?"

Charlotte lacht, bevor sie antwortet.

„Da Schua ned, aba boid druckts mi wo andas."

„Sauba! Und wos soi des jetza hoasn?"

„Das i in andre Umständ bi."

Lorenz Augen werden immer größer und der Mund vor lauter Lächeln immer breiter.

Seine Freude ist gewaltig. Das Bier schwappt sogar aus dem Krug, so heftig springt er vom Tisch auf.

„Kum her und los die obussln! Du machst ma a so a Freid damit."

„I gfrei mi a Lorenz!"

„Gäds da guad, duda wos wäh?"

„Ach geh – na!"

Liebevoll halten sie sich in den Armen. Sie genießen den Abend noch bis spät in die Nacht hinein und malen sich dabei aus, ob es ein Bub oder vielleicht doch wieder ein Mädchen werden könnte.

# Das Wochenbettfieber

**D**ie nachfolgenden Wochen und Monate vergehen wie im Flug. Charlotte arbeitet trotz ihrer Schwangerschaft weiterhin auf dem Hof und der Krankenstation mit.

Lorenz sieht das nicht gerne. Er ist der Meinung, dass sich seine Frau mehr schonen sollte.

„I bi do ned aus Zucka. Kum, gib ma de Schaufe zruck!"

Lorenz reckt den Arm in die Luft, so das Charlotte nicht an die Kehrschaufel ran kommt.

„I denk ga ned dro! Geh in Schduam und leg di nieda."

„Dann ko i aba in da Nacht nimma schlafa."

„Du bist korne neinzehne mehr, so wie bei da Maria, eust schwanga warst."

Bissig herrscht sie ihren Mann an.

„Wuist ebba song, das i a eude Schachtl bi?"

Genervt schüttelt Lorenz den Kopf.

„Mensch, es Weiba! Dua endli wos is sog."

„Ja wenst moanst, dann geh i hoid. Aba dei Essn konsta fei heid omd seiba macha!"

Beleidigt geht Charlotte ins Haus.

Nun ja – auch solche Tage gibt es! Aber keiner der Eheleute meint es wirklich böse.

Für Lorenz ist es halt keine Selbstverständlichkeit, ein gesundes Kind zu bekommen. Dieses Geschenk Gottes möchte er auf keinen Fall in Gefahr sehen.

Natürlich kann Charlotte es selbst am besten abschätzen, wann es ihr körperlich zu viel wird. Und sie muss auch ehrlich zugeben, dass sie sich mit dem dritten Kind nicht mehr so leicht tut, wie mit den anderen beiden.

Aber glücklicherweise befindet sie sich ziemlich am Ende der Schwangerschaft, allzu lange wird es bis zur Niederkunft nicht mehr dauern.

Als Charlotte ihre Schuhe ausgezogen und sie mit dem Fuß unters Sofa geschoben hat, stütz sie sich mit der einen Hand ihren Rücken und mit der anderen hält sie sich bei Hinsetzen an der Lehne vom Kanapee fest.

Es bereitet ihr zunehmend Sorge, dass sie nach unten fast kein Drücken spürt – als ob das kindliche Köpfchen noch nicht fest im Becken sitzen würde.

Sie ist keine Hebamme, aber ihr Wissen über Schwangerschaft und Geburt reichen aus, um zu wissen, dass dieser Zustand nicht passt.

Als es bei Maria, und auch bei Elisabeth war es nicht anders gewesen, dem Ende der Schwangerschaft zuging, lagen ihre Köpfchen fest im Becken. Das war allerdings unangenehm und auch scherzhaft, aber man wusste, dass alles seine Richtigkeit hatte.

Glei moang in da Fruha, werd i mi aufan Weg macha und mi in da Krangastation undasucha lassn.

Und wenns dann zspad is?

Das schlechte Gewissen lässt Charlotte nicht mehr los.

Um sich zu entspannen, atmet sie tief und fest ein.

Doch den scharfen Schmerz hinter ihrer Stirn, den bekommt sie nicht mehr los. Er zieht sich von der Nasenwurzel bis hinter die Augenhöhlen.

Oh, wie sie diese Kopfschmerzen hasst! Sie treten in letzter Zeit öfters auf. Meistens dann, wenn ihre Nackenmuskeln verspannen und sie müde und abgekämpft ist.

Niemals würde sie aber Lorenz davon erzählen.

Er behandelt sie bereits eh schon wie ein rohes Ei!

Charlotte schließt die Augen. Ihr Kopf ist schwer und das Licht empfindet sie als äußerst unangenehm.

Mit einem Mal schwenkt die Stubentüre auf und ihre beiden Töchter stürmen herein. Sie spielen Fangen.

Wer wenn fängt, kann man nicht sagen. Aber es macht ihnen sichtlich Spaß!

„Spuits liaba bei eiam Vattan drausen, i brauch a bissl a Ruhr.“

Überrascht schauen Maria und Elisabeth sich an. Sie sind es nicht gewöhnt, dass ihre Mutter auf dem Kanapee liegt und sich ausruht.

Elisabeth hört auf zum Spielen und tritt folgsam an das abgeschabte Sofa heran. Der kugelige Bauch ihrer Mutter fasziniert sie jeden Tag aufs Neue.

Vorsichtig streicht sie mit der Handfläche darüber und legt dabei ihr Ohr darauf um zu horchen. Aber sie nimmt nichts wahr. Weder ein Pochen noch ein Drücken, nichts!

Manchmal, wenn das Baby im Bauch ihrer Mutter sehr ungestüm ist, kann sie kleine Rundungen in der Bauchdecke sehen. Sanft stupst Elisabeth dann mit ihren Finger gegen diese Wölbungen, die darauf gleich wieder verschwinden.

„Muatta, do is nix.“

Auch Maria tritt näher und betrachtet aufmerksam den Bauch ihrer Mutter.

„Wahrscheinli mogs heid ned spuin.“

Gespannt schaut Elisbeth auf.

„Aba waruma ned?“

„Megli das schloft, wos worsen i?“

Maria nimmt ihre Schwester am Ärmel und zieht sie von der Mutter weg.

„Kumm, spui ma wieda. I fang di!"

Maria ist zwar die älter der beiden Mädchen, aber keineswegs aufmerksamer oder achtsamer als wie ihre kleine Schwester. Im Gegenteil, sie ist ständig eifersüchtig auf das Baby und sorgt sich um die Aufmerksamkeit ihrer Mutter.

Inzwischen hat sich Charlotte vom  Kanapee erhoben und geht langsam in der Stube auf und ab. Dabei hält sie mit beiden Händen ihren Bauch umklammert.

Argwöhnisch horcht sie in sich hinein. Da ist wirklich nichts. Ihre Tochter hat Recht!

Unruhe macht sich in ihr breit und ihr Herz klopft wie wild! Sie hat ein ungutes Gefühl.

Die zwei Mädchen halten sich nun an den Händen. Sie merken, dass mit der Mutter etwas nicht stimmt.

Maria berührt ihren Arm.

„Wos isn Muatta?

Charlotte gibt keine Antwort. Stattdessen versucht sie ruhig zu atmen.

„Elisabeth laf und heu an Vatta!"

„I wos aba ned wo a is?"

"Mei du Bodschal! Irgand wo aufan Hof oda im Stoi hoid. Laf scho, i bleib bei da Muatta."

Als die Kleine zappelig das Haus verlässt, läuft sie ihrem Vater schnurstracks in die Arme.

„Na Madl, wos sausdn ga so schnei?"

Die Kleine schnappt nach Luft.

„Gschwind Vatta, da Muatta gehds ned guad!"

Als Lorenz das hört, legt er rasch die Schaufel zur Seite. In die Hocke gehend, packt er die Schultern seiner jüngsten Tochter und schüttelt sie unsanft hin und her.

„Wo isn Muatta?"

„Bei da Maria in da Stuam?"

Er nimmt Elisabeth an der Hand und hastet mit ihr ins Haus zurück.

Als er die Türe zur Stube öffnet und das farblose Gesicht seiner Frau sieht, wird ihm flau im Magen. Rasch eilt er an ihre Seite, hievt sie vorsichtig vom Stuhl hoch und legt sie auf das Kanapee.

Er setzt sich neben sie auf die Kante und berührt liebevoll ihren dicken Bauch, der sich durch den Atem von Charlotte leicht hebt und senkt. Besorgt streift er ihr die verschwitzten Haare aus der Stirn.

„Mei Spozl, wos isn los?"

„I hob a unguads Gfui. I moan, i gspiers Kind nimma."

„A gä schau her, wos da für Beuna einnedruckt."

Charlotte fixiert ihren Leib. Sie kann zwar die einzelnen Wölbungen sehen, aber überzeugt, dass alles in bester Ordnung ist, ist sie noch keinesfalls.

„Irgnd wos schdimmt neda. Bring mi bittschen aufd Stadtion. Da Dokta soi noche schaun."

Ohne ihr eine Antwort zu geben, erhebt sich Lorenz und wendet sich an seine Töchter.

„Gschwind Maria, spanns Pferdl vor an Wong!"

Ohne groß weitere Fragen zu stellen, rennt sie los.

Obwohl das Mädchen erst sieben ist, kann sie mit Pferd und Wagen gut umgehen. Sie ist für ihr Alter verhältnismäßig groß und kräftig. Für ihren Vater ist sie auf dem

Hof längst unentbehrlich geworden, was sie auch mächtig mit Stolz erfüllt.

„Und du Glorne, gäst in Kamma und hoist Daschn von da Muatta."

„Ja i wors wos is. Hobs mit ihra backt."

Zwei liebe Madln hat Lorenz, das weiß er. Deswegen ist ihm auch sehr viel daran gelegen, sein Familienglück zu schützen. Sein Gespür sagt ihm, es ist Eile geboten!

Schließlich verursacht Charlotte nicht unnötiger Weise derlei Aufregung um ihre Person.

Das seine Frau aber zur Untersuchung ins Armenhaus auf die Krankenstation will, dass behagt ihm überhaupt nicht.

Es ist bekannt, dass es eine hohe Sterblichkeitsrate für Frauen gibt, die ihre Kinder in Gebäranstalten zur Welt bringen. Angeblich sollen Ärzte die Mütter, die sie bei der Geburt unterstützen, infizieren.

Und Lorenz hat bedenken, dass diese Situation auch auf der Krankenstation hier am Ort vorkommen könnte.

Es wird bloß schwierig sein, Charlotte davon abzubekommen, nicht dorthin zu fahren.

Sie ist überzeugt, dass ihre Kollegen gute Arbeit leisten. Jedes Mal erzählt sie von ihnen, wenn sie von der Arbeit nach Hause kommt.

Allerdings jetzt, auf die Schnelle, eine Hebamme für eine Hausgeburt zu organisieren, nimmt natürlich auch viel Zeit in Anspruch.

Maria kommt in die Stube zurück. Sie ist leicht aus der Puste, so beeilt hat sie sich.

„Vatta, des Roß is eigspannt. Mir kennan los."

„Guad Maria! Nimm dei gloane Schwesta und hocks eich scho amoi aufn Wong."

Die Anordnung des Vaters befolgend, wendet sie sich an Elisabeht.

„Gib ma Daschn."

Flugs dreht sich Elisabeth von Maria weg und zieht die Tasche hinterher.

„Na, de drog i seiba!"

Belustigt beobachtet der Vater die Situation.

„Lass ihr de Daschn Maria. Sie wui a wos beidrong."

Und so hilft jeder mit, dass die Mutter schnellstmöglich auf die Krankenstation kommt.

Als die Familie dort eintrifft haben sie Glück. Es herrscht gerade nicht viel Andrang. Der Stellplatz hinterm Gebäude ist so gut wie leer.

„Horchts auf Kinda! Ihr schagts ma aufd Muatta und an Wong. I geh dawei und hoi a Britschn.

Als Lorenz die Krankenstation betritt, ist er etlichen Kolleginnen bekannt. Er braucht deswegen auch nicht lange warten, bis er sein Anliegen vorbringen kann.

Schwester Hermine ist nicht allzu erstaunt, Lorenz zu sehen.

„Guten Tag Lorenz. Ist zu Hause alles in Ordnung? Geht es Charlotte gut?"

„Na", schüttelt Lorenz den Kopf.

Hermines freundliches Lächeln ist im nu verschwunden.

„Hat sie Blutungen?"

„Na des ned, i hob nix gseng. Sie gspirts Kind nimma."

„Ist sie alleine zu Hause?"

„Sie ligt aufn Wong, bei de Kinda drausn."

„Dann bring sie sofort herein. Ich rufe unterdessen den Arzt."

Lorenz zögert.

„Auf was wartest du noch? Los beeile dich!"

„Hobs koa Hebamm do?"

„Nein, die ist unterwegs. Aber jetzt los, hole deine Frau!"

„I brach a Britschn und jemandn, derma huift, sie einezumdrong."

Hermine zögert nicht lange.

„Los, ich helfe dir!"

Draußen bei Charlotte angekommen, gelingt es Hermine ihre Kollegin zu überzeugen, dass es echt besser ist, sich auf der Trage ins Haus bringen zu lassen.

„Halle luja, wos soian des? I bi do ned grang!"

„Stimmt, das bist du nicht. Aber stur wie ein Esel", stellt Hermine augenzwinkernd fest.

Die Krankenschwester ist körperlich nicht gerade die fitteste. Deswegen brauchen sie auch ein paar Minuten länger, um die Trage die Stufen hinauf zu befördern.

Endlich oben angekommen, wird die Schwester vom Arzt ein wenig unfreundlich empfangen.

„Meine Liebe, wo sind sie denn? Ich suche sie bereits überall!"

„Das ist ein Notfall Herr Doktor."

Aufmerksam betrachtet der Arzt die schwangere Frau auf der Bahre. Als er sie erkennt, verändert sich seine Gemütslage im Nu.

„Das ist ja Charlotte!"

Unverzüglich wendet er sich an Lorenz, den er bis dahin

noch gar nicht richtig wahrgenommen hat.

„Was ist geschehen?"

Bis Lorenz reagiert, antwortet Charlotte für sich selbst.

„I hob Angst, wei is Kind nimma gspirt hob."

Der Arzt fühlt Charlottes Puls und gibt zugleich Hermine die Anordnung, alles für eine Notoperation vorzubereiten.

„Charlotte, ihr Puls rast wie wild! Ich gebe ihnen gleich eine Spritze zur Beruhigung und danach werde ich sie untersuchen."

Er deutet auf das Zimmer am Ende des Ganges.

„Tragt sie dort hinein und Schwester Hermine, beeilen sie sich mit den nötigen Vorkehrungen", und an die zwei Mädchen gewandt, „ihr bleibt hier sitzen und wenn ihr Hunger habt, sagt ihr es den Schwestern."

Im Behandlungszimmer hebt Lorenz seine Frau von der Trage auf den hölzernen Untersuchungstisch. Dabei fällt ihm die mit Sägespänen gefüllte Kiste auf, die unter dem Tisch steht.

„Für wos isn de Kistn do untn?"

Hermine unterbricht ihre Vorbereitungen und folgt dem Blick von Lorenz.

„Ach so die, die brauchen wir um das Blut aufzufangen", erklärt sie ihm mit sachlicher Stimme.

Beeindruckt wendet er sich wieder seiner Frau zu, die sich stillschweigend, aber mit besorgter Miene ständig über ihren Brauch streicht.

„Wann kumtn endli da Dokta?"

Hermine tritt an den Tisch und streift das Haar aus dem verschwitzten Gesicht ihrer Kollegin.

„Habe noch etwas Geduld Charlotte. Der Arzt versorgt noch die Wunde eines alten Mannes, der versehentlich von der Leiter gestürzt ist. Danach kommt er zu dir."

Ungeduldig schreitet Lorenz im Raum auf und ab.

Es erscheint ihm wie eine Ewigkeit, bis der Arzt schließlich auftaucht.

Als Lorenz ihn sieht, trifft ihn fast der Schlag!

„Um Gods Wuin, wie schagstn du aus?"

Der weiße Kittel, die Schuhe, alles ist voller Blut! Sogar in seinem Gesicht hat der Mediziner Blutspritzer.

„Woast Freind, so langst ma mei Weib ned oh!"

„Zum Wechseln der Kleidung ist keine Zeit mehr. Ich darf keine Minute mehr verlieren und muss ihre Frau sofort untersuchen."

„Aba deine Hend waschda scho a weng!"

„Habe ich schon, glauben sie mir. Und jetzt lassen sie mich bitte meine Arbeit tun!"

Verunsichert lässt sich Lorenz vom Arzt zur Seite drücken. Ohne sich weiter um saubere und keimfreie Hände zu kümmern, schiebt der Chirurg sie unter Charlottes langen Rock und beginnt ihren Unterleib abzutasten.

Mit finsterem Blick verfolgt Lorenz jede Bewegung des Arztes. Am liebsten würde er sofort dessen dreckige Pratzen vom Körper seiner Frau wegreißen!

In den Jahren ihrer Tätigkeit als Krankenschwester, hat Hermine ein wirklich gutes Feingefühl für ihre Mitmenschen entwickelt.

Sogleich bemerkt sie Lorenz aufgewühlten Gemütszustand und legt ihn beruhigend die Hand auf die Schulter.

„Es muss sein. Sonst kann er nicht handeln."

„I woas", knurrt Lorenz.

Doch plötzlich wird der Atem des Arztes immer hektischer. Schweißperlen treten auf seine Stirn.

„Schwester Hermine, ist die Hebamme wieder zurück?", will er mit gepresster Stimme wissen.

„Nein, soviel ich weiß noch nicht. Warum fragen sie?"

„Das Köpfchen des Kindes liegt noch nicht vollkommen im Becken."

„Ich denke mir, dass sich der Körper des Kindes schon noch senken wird. Das ganze braucht halt noch ein bisschen Zeit."

Angespannt erforscht der Arzt den Körper der jungen Frau weiter.

Trotz seiner Nervosität bewegen sich seine Finger langsam und feinfühlig. Im Geiste sieht er das Bild der weiblichen Anatomie deutlich vor sich.

Je mehr er Charlotte gynäkologisch Befühlt, desto stärker rückt ihm der Kaiserschnitt in den Sinn.

„Wir haben es mit einer absoluten Zwangslage zu tun."

„Wos is Dokta?", will Lorenz mit scharf klingender Stimme wissen.

„Charlotte ist nicht erstgebärend. Es ist zwar äußerst selten, aber es kommt vor, dass sich die Nabelschnur mal vor das Köpfchen des Kindes schiebt."

„Her je! Und was machen wir jetzt?", Hermine schlägt ihre Hände ans Gesicht.

Der Arzt und die Schwester schauen sich bedeutungsvoll an, beide wissen was das bedeutet – es muss schnellstens gehandelt werden, sonst droht dem Ungeborenen durch das Abdrücken der Nabelschnur ein Sauerstoffmangel!

Der Chirurg versucht fiebrig, sie mit bloßen Fingern zurückzustopfen, aber dennoch flutscht sie dauernd zwischen Köpfchen und Muttermund.

„Es nützt nichts, die Lage verändert sich nicht! Schwester Hermine, wir sectionieren."

„Aber Herr Doktor, das dürfen sie nicht! Zumindest nicht bei einer Lebenden."

Lorenz, der das Gespräch zwischen Arzt und Schwester aufmerksam verfolgt, kann mit der lateinischen Bezeichnung nichts anfangen.

Aber am Gesichtsausdruck von Charlotte, kann er ableiten, das es scheinbar nichts Gutes bedeutet.

Liebevoll beugt er sich über sie und berührt ihre Wange, und betrachtet dabei fürsorglich ihr zartes Gesicht.

„Sog ma Spozl, wos wui da Dokda mit dir macha?"

„Lorenz", ihre Stimme ist kaum hörbar, so leise antwortet sie, „Sectio heißt Schnitt … "

Weiter als bis dahin kommt sie mit ihrer Erklärung nicht.

Ihr Mann gerät komplett außer sich vor Empörung, lauthals drängt er sich zwischen den Mediziner und den Tisch, auf dem Charlotte liegt.

Er ergreift den Arzt an seinem blutverschmierten Kittel und zieht ihn sich dicht vor das Gesicht.

„Du wuist meim Weib wahrhaftig dn Bauch aufschnein?"

Der Arzt bleibt ruhig, zumindest äußerlich lässt er sich seine Entrüstung über Lorenz Rüpelhaftigkeit nicht anmerken.

„Das ist die einzige Möglichkeit die ich habe, um ihr Kind zu retten."

„Und wie oft host soan Schnitt scho gmacht?"

„Noch nie!", ist die kurze und bündige Antwort des Chirurgen.

Lorenz ist erschüttert, die einzige Reaktion, die ihm darauf noch einfällt besteht aus drei Wörtern: „Um Gods Wuin!"

Er lässt den Arzt los und wendet sich mit traurigen Gesicht zu seiner Frau um.

„Soi a des wirkli doa?"

Lorenz sieht ihr bejahendes Nicken.

„I bed für di und unsa Gloans."

Daraufhin schenkt er ihr einen flüchtigen Kuss auf die Stirn und verlässt dann stillschweigend den Raum.

„Lassen sie uns nun beginnen Schwester Hermine", und an Charlotte gewandt, „bald werden sie ihr Kind in den Armen halten, vertrauen sie mir!"

„Des hof i Dokta."

Hermine reicht dem Chirurgen für die Betäubung eine braune Glasflasche mit Äther und ein zusammengefaltetes Tuch. Sie selbst gurtet mit Lederriemen die Füße und Hände ihrer Kollegin fest an den Tisch und hofft zudem, dass die Schmerzen für sie halbwegs erträglich sind.

„Nun Charlotte, ängstigen sie sich nicht. Ich bedecke ihr Gesicht jetzt mit einem Tuch und träufle Äther darüber."

„I ken des ja, a poar Schnaufara und i bi weg."

„So ist es meine Liebe und wichtig dabei, fest inhalieren."

„Dua i!"

Der Arzt tröpfelt den Äther auf den Stoff. Er hat bereits öfters mit dieser etwas leicht verdunstenden Flüssigkeit bei Operationen gearbeitet und weiß deshalb genau über die notwendige Dosierung Bescheid.

Bei diesem Eingriff möchte er allerdings hundertprozentig sicher sein, das die Patientin nichts mitkriegt, deshalb verpasst er ihr auch die doppelte Einheit.

Er presst das nasse Tuch auf ihre Nase und wartet.

Dabei hebt er immer wieder mal eine Tuchecke hoch, um das Gesicht zu beobachten.

„Bitte beginnen sie mit dem Entkleiden."

Skeptisch hält sich Hermine in ihrem Tun zurück.

„Lorenz wird toben, wenn er seine Frau hier nackt liegen sieht."

Der Arzt kann gar nicht glauben, was er hört.

„Waren sie etwa noch nie bei einer Operation dabei?"

„Doch, natürlich!", antwortet die Schwester verlegen.

„Und – haben sie dabei angezogene Leute auf dem Tisch liegen sehen?"

„Freilich nicht!"

„Warum dann die Scharm? Wenn es um Leben oder Tod geht, sind vor Gott alle Menschen gleich."

Ohne einen weiteren Kommentar abzugeben, macht sich Hermine daran, Charlotte auszuziehen.

Derweilen wäscht sich der Mediziner mit kaltem Wasser die Hände. Er wirkt nach außen hin zwar recht ruhig, innerlich ist es ihm aber warm ums Herz. Er hat noch nie eine Eröffnung der Gebärmutter vorgenommen.

Das kühle Nass spendet seiner erhitzten Haut ein wenig Abkühlung. Er beginnt mit der Betäubung.

Durch die Verabreichung einer reichhaltigen Äthermenge, ist Charlotte endlich soweit fertig für den Eingriff.

Sie ist nicht mehr ansprechbar, ihre Atmung ist gleichmäßig und ihre Muskeln sind entspannt.

Schwester Hermine reicht dem Arzt das Messer.

„Ich wünsche ihnen ein glückliches Händchen.“

„Danke, das kann ich brauchen!“

Gespannt schaut die Schwester auf die Finger des Arztes. Aber anstatt zu schneiden, fährt er mit dem Zeigefinger abseits über Charlottes Bauch.

„Das ist die Linea alba.“

Der Chirurg blickt auf.

„Sehen sie sie auch?“, will er von Hermine wissen.

Doch was chirurgische Baucheingriffe anbelangen, verfügt die Schwester über keinerlei große Erfahrung.

„Nein, keine Ahnung. Wo soll die sein“?

Der Arzt verdreht die Augen.

„Na da halt - die weiße Linie hier!“

Noch einmal berührt er die helle Bindegewebsnaht mit dem Finger.

„Ja, jetzt sehe ich sie auch. Hoffentlich kommt es zu keiner starken Blutung.“

„Nein wird es nicht, denn Bindegewebe ist allgemein nur leicht durchblutet“, und im Stillen denkt er sich, wo hat die Frau bloß gelernt, die weiß ja überhaupt nichts!

Er setzt nun das Messer am Bauchnabel an, schneidet ins Gewebe ein und führt es längsseits bis zur Scharmbeinfuge. Die Bauchdecke ist jetzt offen und wird gespreizt.

Mit einem weiteren Schnitt eröffnet der Arzt die Gebärmutter, holt den Fötus heraus und hält ihn, wie einen Hasen, mit einer Hand in die Luft.

Arzt und Schwester gucken sich groß an. Es ist ein Junge, aber er schreit nicht!

„Und nun?“, der Chirurg wirkt hilflos.

„Ein Kind aus dem Bauch einer Frau herausschneiden, aber nicht wissen, was zu tun ist, wenn es nicht schreit!"
Überklug nimmt Hermine den Kleinen an sich und gibt ihm einen leichten Klaps auf den Rücken.
Zufrieden lächelt der Arzt die Schwester an. Ein lautes Brüllen erfüllt den Raum.
„Bringen sie das Kind schon mal zu seinem Vater nach draußen. Ich vernähe noch schnell die Wunde und komme dann nach."
„Ja mache ich, aber zuvor möchte ich den kleinen Mann ein bisschen waschen, sonst fallen seine Geschwister in Ohnmacht vor lauter Blut."
Nachdem der Kleine sauber ist, wickelt sie ihn in ein großes Leinentuch und geht nach draußen.
Als sich die Tür öffnet, macht Lorenz seine Augen auf. Er hat versucht zu ruhen, aber es misslang ihn. Seine beiden Töchter, rechts und links an ihn gelehnt, stellten Fragen über Fragen.
Hinzu kommt die Vorstellung, was seiner Frau hinter der geschlossenen Behandlungstüre wohl wiederfahren sein mochte – das macht ihn schlichtweg fix und fertig!
Hermine tritt langsam auf Lorenz zu, aber er kann das Gesicht seines Sohnes noch nicht sehen. Vor Erwartung klopft ihm das Herz bis zum Hals und er hat Mühe, seine Mädchen im Zaum zu halten.
„Es ist alles in Ordnung Lorenz."
Ein Seufzer der Erleichterung überkommt seine Lippen.
Wie besessen fixiert er das weiße Bündel auf Hermines Arm.
„Wos is n?"

„Ein Junge! Charlotte hat dir einen Sohn geboren."

„Gborn ko ma des schlecht nenna!"

Allein bei der Vorstellung wie der Arzt ihren Bauch aufschneidet, wird es ihm speiübel.

„Hier nimm ihn Lorenz und zeige deinen Töchtern ihren Bruder."

Andächtig schließt er seinen Bub in die Arme und drückt einen liebevollen Kuss auf dessen weiche Stirn.

Das ist an und für sich nicht Lorenz Art, vor allen Leuten Gefühle zu zeigen. Nur diese immense Anspannung fällt endlich von ihm ab und frei werden Empfindungen, die sein Herz mit Wohlbehagen erfüllen.

Auch Elisabeth und Maria begrüßen ihren kleinen Bruder mit viel Zärtlichkeit.

„I wui aba a zur Muatta und schaun wirs ihr gäd", erklärt Maria und zupft dabei ihren Vater am Ärmel.

Fragend sieht Lorenz die Krankenschwester an.

„Kenn ma eine zu ihra?"

„Nein, sie wird noch einige Zeit brauchen bis sie aufwacht und außerdem ist der Arzt weiterhin bei ihr."

„I glab, das bessa is, mir gengan hoam und den Gloana nema mid."

Die Mädchen wiedersprechen ihrem Vater auf das Äußerste, sie wollen unbedingt zu ihrer Mutter.

Lorenz bleibt aber hart, er will seinen Kindern den frisch operierten Anblick ihrer Mutter ersparen.

„Na hob i gsogt!"

„Euer Vater hat Recht, kommt morgen wieder vorbei und seht dann nach eurer lieben Mutter."

Ohne auf weitere Einwände zu achten, schiebt Hermine

die Mädchen zum Ausgang, hält Lorenz die Türe auf und gibt ihm noch ein paar Ratschläge für das Baby.

„Also dann, mach`s gut Lorenz, bis morgen!"

Lächelnd nickt Lorenz der Schwester zum Gruße zu.

„Pfird de nacha und dankda sche."


Der Abend und die Nacht verläufen still und leise, viel ruhiger als Lorenz es sich gedacht hat.

Die Mädchen gehen früh zu Bett, so geschafft waren sie von diesem ereignisreichen Tag!

Lorenz gibt seinem Kleinen noch ein wenig Milch zum nuckeln und wickelt ihn danach in die frischen Tücher, die er von der Schwester mit bekommen hat.

„A bissal schiaf is gworn."

Vergnügt betrachtet er sein Werk.

„Aba wos macht des scho, geh Gloana?"

Sanft auf dem Arm wiegend, begibt Lorenz sich mit dem Baby in die Schlafkammer. Vorsichtig legt er ihn auf die Bettseite von Charlotte.

Keine Sekunde lässt er das Kind aus den Augen, als er sich seiner Kleidung entledigt und ins Bett steigt.

Fürsorglich bettet er den Kleinen auf das Kopfkissen von seiner Frau, legt seinen Arm darum und genießt so die Nachtruhe mit seinem Sohn.

Am nächsten Morgen schlägt Maria die Decke zurück und nimmt ihr Brüderchen an sich.

„Kum Vatta, raus ausn Bett! Wir woin zua Mutta!"

Verschlafen reibt der Vater sich die Augen, er fühlt sich wie gerädert! Die ganze Nacht hindurch, hat er nur in einer Stellung gelegen, bloß um das Baby nicht zu zerdrücken.

„Ihr kennts eich fertig macha, i bi glei so weid."

Währenddessen sich Lorenz anzieht, füttern Elisabeth und Maria ihr Brüderchen mit lauwarmer Milch.

Als der Vater in die Stube tritt, nickt er seinen Töchtern anerkennend mit dem Kopf zu.

„Des machts guad, da wird si dMutta gfrein."

Elisabeth kann es kaum mehr erwarten ihre Mutter wieder zusehen und stupst ihren Bruder deshalb in die Seite.

„Dring a weng schneia!"

„Her auf", empört sich ihre Schwester, „sonst vaschluckt da si no!"

„So jetzt kumts ihr zwoa Weibsn, ab zur Mutta!"

In freudiger Erwartung, Charlotte zusammen mit dem Sohn in die Arme schließen zu können, macht sich Lorenz mit den Töchtern auf den Weg ins Armenhaus.

Als die Familie auf der Krankenstation eintrifft, nimmt Schwester Hermine den Vater erst mal zur Seite.

„Deiner Frau geht es nicht gut."

Nervös zupft sie am Knopf ihrer weißen Tracht.

„Wos soin des hoasn?"

„Komm, ich bringe dich zu ihr, aber die Kinder bleiben vorerst draußen!"

„Warum a, wir woin mid eine zu ihra!"

Elisabeth hängt sich wie eine Klette an den Arm ihres Vaters und Maria drückt sich zwischen ihn und der Schwester. Verdrossen schaut Lorenz Hermine an.

„Bring mi und Kinda eusboid zua Charlotte!"

„Aber" ... Hermines Versuch zu wiedersprechen scheitert. Hünenhaft und ganz dicht, steht Lorenz vor Hermine.

„Host mi?"

„Kommt", die Schwester dreht sich um und winkt mit der Hand.

Stillschweigend führt sie die Familie über den glänzenden Korridor. Charlotte liegt nicht bei den anderen Patienten im Gemeinschaftszimmer, sondern hat scheinbar einen eigenen Raum. Lorenz fühlt sich wie auf glühenden Kohlen, er ahnt nichts Gutes!

Als die Schwester die Türe öffnet und den Vater mit samt den Mädchen und dem Baby eintreten lässt, bietet sich für die Familie ein schockierendes Bild.

Charlotte liegt schweißgebadet und mit hochrotem Kopf auf einer klapprigen Liege, ihre Augen sind halb geschlossen. Stöhnend streicht sie mit den Händen über ihren Leib. Das sie Schmerzen hat, ist kaum zu übersehen.

„Um Gods Wuin!"

Lorenz drückt der Schwester den Jungen in den Arm und eilt zu seiner Frau. Er geht vor ihr auf die Knie und umfasst mit seinen großen Händen besorgt ihr Gesicht.

„Mei du gliast ja wie a Ofa!"

Lorenz stutzt, seine Stirn ist gezeichnet von tiefen Falten. Charlotte reagiert nicht, sie verhält sich, als ob sie die warmen Hände ihres Mannes gar nicht spüren würde.

Lorenz ist zutiefst betroffen, denn in so einem desolaten Zustand hat er seine Frau noch nie erlebt.

Im Gegenteil! Nach der Geburt von den Mädchen, war sie in relativ kurzer Zeit wieder auf den Beinen.

Elisabeth und Maria schleichen sich förmlich ans Bett ihrer Mutter heran. Bloß nicht stören und aus dem Zimmer müssen! Das wäre furchtbar für die beiden.

„Wos isn mit da Mutta?", Maria wendet sich mit blasen Gesicht an ihren Vater.

„I hob da scho soan Vadacht."

Nach dem Anblick seiner Frau, ist jegliche Kraft aus Lorenz gewichen.

Schwerfällig stützt er sich auf seine Knie und stemmt sich auf.

„I hobs gwusst, i häds ned do her bringa soin!"

„Aba waruma ned Vatta?", fragend sieht Elisabeth zu Lorenz auf, „wenns om ned guat geht, werd om doch auf da Grangastation gheufa."

Betrübt schüttelt Lorenz den Kopf.

„Mei Madl, wos verstehstn du scho davo."

Traurig steht die Familie am Bett von Charlotte. Sie so daliegen zu sehen, mit Schmerzen und Krämpfen, flößt allen große Angst ein.

Schroff wendet sich Lorenz an Hermine.

„I wui auf da Stei an Dokta sprecha!"

Die Schwester ist sich unsicher. Soll sie den Arzt hohlen oder besser nicht? Lorenz wirkt auf sie überaus bedrohlich, nicht das er dem Arzt gegenüber handgreiflich wird!

„Host mi ned vastandn?"

„Doch, doch, es ist nur so, dass der Arzt außer Haus ... "

Weiter kommt sie mit ihrer Erklärung nicht, weil gerade in diesem Moment der Arzt das Zimmer betritt.

Es fällt Lorenz schwer, sich unter Kontrolle zu halten. Nicht nur das Hermine, eine von Charlottes liebsten Kolleginnen, ihn belügen wollte! Hinzu kommt, dass er den Weißkittel für Charlottes Zustand verantwortlich macht.

„Du kummst ma grod recht", faucht Lorenz ihn an.

„Sagen sie mal, wie reden sie eigentlich mit mir?"

„Sei froh, das i no mit dir red und ned scho wos andas dua!"

Blitzartig packt Lorenz den Arzt am Kittel.

Er zerrt ihn sich so dicht vor das Gesicht, das er dessen Atem spüren kann.

„Woast scho, wosd mit deine Dreckpratzn ogricht host?", flüstert er ihm mit leiser, aber höchst bedrohlicher Stimme zu.

Der Arzt weiß nichts mit Lorenz Äußerungen anzufangen und schaut deshalb gänzlich irritiert aus der Wäsche.

Zudem gefällt es ihm gar nicht, wie dieser ungehobelte Kerl mit ihm spricht und hält ihm deshalb seine Hände vor das Gesicht.

„Ihnen ist schon klar, dass diese allgütigen Hände ihrem Sohn das Leben geschenkt haben!"

„Mei Weib hod mir an Buam gschenkt, ned du!"

Der Arzt verzieht den Mund zu einem abwertenden Grinsen und das stachelt Lorenz Wut nur noch weiter an, sodas er seinen Griff am Kragen des Mannes verstärkt.

„Du host nur do, wost glernt host."

Das Zupacken von Lorenz Händen wird für den Arzt immer unangenehmer. Er probiert sich aus der Umklammerung zu befreien. Doch so sehr er es versucht, es mag ihm nicht gelingen, zu stark sind die Hände des Bauern.

Lorenz denkt nicht daran ihn loszulassen. Hin und wieder gleitet sein Blick zu seiner geliebten Frau und dann würde er in diesem Moment dem Trottel von Arzt am liebsten den Hals umdrehen.

„Dei Unsaubakeid is schuid, das ihra unguad is."

„Sie sind doch nur ein dürftiger Bauer und können das überhaupt nicht beurteilen!"

„I hob gnua Keiben aufd Weid brocht, i woas wie wichtig a hoas Wassa is."

„Sie wollen doch wohl nicht behaupten, dass ich schlampig gearbeitet habe?"

„Freili host des do!"

Entrüstet schnaubt sich der Mediziner ein paar Haare aus der Stirn. So etwas Bodenloses hat sich noch nie jemand getraut zu sagen.

„Auf dein weißn Kittl is da Dreck ja scho drauf gstadn und Händ werst du da a net gwaschn hom!"

Lorenz öffnet seinen Griff und schubst den Arzt von sich. Dieser findet keinen Halt, er stolpert und fällt schließlich zu Boden.

Schwester Hermine, der das Theater furchtbar peinlich ist, eilt dem Doktor zur Hilfe.

„Kommen sie Herr Doktor, ich helfe ihnen auf!"

„Lassen sie mich in Ruhe und bloß kein Wort zu irgend jemanden!"

„Aber Herr Doktor …"

„Halten sie den Mund und holen sie das Kräuterweib, mal sehen, vielleicht kann sie was für Charlotte tun."

Der Arzt rappelt sich hoch und verlässt ohne ein weiteres Wort zu verlieren mit hochrotem Kopf das Krankenzimmer.

Währenddessen schöpft Lorenz neue Hoffnung. Denn vom Kräuterweib, hat er schon manch gutes gehört.

„Los Hermine, laf los und hois her. Mir derfan koa Zeit valiern."

Und dann nimmt er sein Kinder fest in die Arme und versucht sie zu trösten. Als die Familie endlich unter sich ist, betet der Vater gemeinsam mit ihnen um die Gesundheit der geliebten Mutter.

Tatsächlich schafft es Hermine, in nicht mal einer Stunde, das Kräuterweib ausfindig zu machen.

Zudem kann die Krankenschwester die alte Frau überreden, mitsamt ihren Kräuterrezepten ins Armenhaus zu kommen um die heilende Wirkung der Pflanzen bei Charlotte anzuwenden.

Als die grauhaarige Frau mit ihren Säckchen das Krankenzimmer betritt, durchströmt ein wohltuender Duft den Raum. Aufmunternd zwinkert sie Lorenz  und den Kindern zu und hat auch nichts dagegen, wenn die Familie während den Anwendungen im Zimmer bleibt.

Natürlich helfen diese Kräuterrezepte auch nicht von einer Minute auf die andere.

Geduld ist angesagt! Abwechselnd behandelt das Kräuterweib Charlotte mit aufgebrühten Tees aus Mutterkraut zur Fiebersenkung, mit Schachtelhalm für die Entzündungshemmung und mit Wundklee zur Blutreinigung.

Danach folgen krampflösende Salben und antibakterielle Tinkturen aus Gänsefingerkraut.

Es dauert ein paar Tage, aber dann fällt das Fieber immer mehr. Die Abwehrspannung und auch der Druckschmerz im gesamten Unterbauch lösen sich, was dazu führt, dass Puls und Atmung sich normalisieren.

Ebenfalls verloren hat sich Übelkeit und Erbrechen.

Charlotte kann endlich wieder besser schlafen und dadurch erholt sich auch schneller.

Tag für Tag ging es aufwärts!

Und endlich war die Zeit gekommen, an dem Lorenz mit den beiden Mädchen und dem kleinen Buben, Charlotte wieder gesund und munter mit nach Hause nehmen durfte.

# Charlottes Überfürsorge

**A**n das großartige Familienfest, wo sie bis spät in die Nacht hinein getanzt, gegessen und gefeiert haben und das sie zur Freude aller gaben, kann sich Lorenz bis heute noch gut erinnern.

„Du Spozl, konst di no an unsa schens Festl ainnan, des ma für di und an Johannes gem ham?"

„Freili, des werd i nia vagessn!"

„Wos moanst? Soid ma meu wieda ons ausrichtn?"

Charlotte verhält sich ablehnend.

„Na, i wui koans."

Zu sehr würde es sie an die schlimme Zeit von damals erinnern, in der sie beinahe ihr Leben verloren hätte.

Lorenz ahnt nicht, wie schwer heute noch dieses Geschehen seine Frau belastet.

Wüste er es, so könnte er sich ihr übervorsorgliches Verhalten gegenüber Johannes erklären.

Aber so kann er nur rätseln, warum sie mit dem Buben stets bedacht und umsichtig umgeht. Bei den Mädchen ist das anders. Da sagt sie oft, Lorenz lass sie doch, sie müssen ihre Erfahrungen machen, auch wenn es weh tut!

„Hods da domois ned gfeun?"

„Doch scho, aba ..."

„Aba wos?", will Lorenz nun endlich wissen.

Charlotte winkt mit der Hand ab.

„Ach geh, lass guad sei! Mir is koid, lass uns ins Haus geh und Essn macha. D Kinda san gwieß a scho auf!"

Beim Hineingehen hören sie schon ein lebhaftes Treiben in der Küche und als sie eintreten, werden die freudig von ihren Nachwuchs begrüßt.

„Guatn Moang liabe Öitern! Schauts moi, des Friaschdigg is firti", kommt es wie aus einem Mund.

„Mensch, i ha an Hunga wiea Stier!"

Der Vater wischt sich die Hände an den Hosenbeinen ab, krempelt seine Hemdsärmeln hoch und setzt sich an den Tisch.

„Ihr hobt net nur aufdeckt, sondan a den Diisch mit Bloama gschmückt", bemerkt die Mutter anerkennend.

„Des war i!", tut Johannes kund.

„I hobs auf da Wiesn hintam Haus gpflückt und da hob i a gseng, wiar es busselt hobt.

Elisabeth und Maria kichern.

„Griagst jetzt a Kind Muatta?", will Johannes weiter wissen.

„He Buaberl, gnua is! Her auf zum frong. Da reen ma wir zwoa heint omds, wannst schlaffa gehst", weißt sein Vater ihn mit vorgetäuscht, ernster Miene zurecht und fordert anschließend, gemeinschaftlich das Tischgebet zu sprechen.

Als die Familie ihr Frühstück beendet hat, räumt Charlotte mit Maria und Elisabeth die Küche auf.

Zwischenzeitlich erklärt Lorenz, welche Feldarbeiten unter allen Umständen bis heute Abend erledigt sein sollten.

„De letzte Wocha war sonnig und trucka. I mua aufs Foid aussa und des zwoate Hei eifahrn."

„Damit bist heia aba vui zspat dro!"

„Ja i woas scho Weibe! Aba wos soi i doa, wenn da oide Gaul an Leffe schmeißt?"

Lorenz trinkt noch den letzten Schluck Milch aus der Tasse bevor er weiterspricht.

„Mitn neia Pferdl brachts sei Zeit, bis a hihaut. Seis wies is, nach da Heiernt kummt des Wintagetreid zum aussan dro. Monats ihr, des schaff ma?"

„Wenn ma oisam gscheid hilangan", beschließt Charlotte, „griang ma des scho hi! Omdrei bi i am Samstag auf da Grangastation ned eiteilt. Zdem ham a bei Kindan aufm Land, da Hof und Ernt imma an Vorrang vor da Schuipflicht. Drum siag i koan Grund zur Sorg, warum ma d Föidarbat bis zum Amd net schaffa soitn."

Während seine Eltern sich weiter über die anstehende Arbeit unterhalten, fängt Johannes überraschend an, von einem Fuß auf den anderen zu hüpfen.

Dabei sprühen seine blauen Augen nur geradeso vor Tatendrang.

„I wui a mithöifa! Und aufm neia Pferdl wui i reitn, dann wenns an Heiwong ziagt."

Der Vater freut sich über die viele Unterstützung seitens seiner Familie.

„Freili derfst mitobaga, bist doch a großa, kräftiga Bua!", erwiedert er und streicht dabei seinem Buben liebevoll über den Kopf.

Die drei Weibsn, wie Lorenz seine Frau und die Mädchen warmherzig nennt, beschäftigen sich derweilen noch mit der Kleidung, die sie für die Feldarbeit anziehen wollen.

Daher nimmt der Bauer seinen Sohn an die Hand und beschließt schon mal, den Wagen fertig zu machen.

„Kumm Bua, gema indn Stoi und spann ma des Pferdl vor an Wong."

Hand in Hand schlendern die zwei rüber zum Stall. Dabei achtet der kleine Junge genau auf die Worte seines Vaters, denn für ihn ist er in seiner kindlichen Vorstellung, der größte und stärkste, aber auch der klügste Mann auf der Welt.

„Woast Bua, uns Mannsbuida iss net so wichtig, wos ma oham. Wos ma mir in da Frua oziang, des ziang ma a aufd Nacht wida aus."

„Geh Vatta, i bi a scho a groß Mannsbuid."

„Und wos für a groß du bist!", lächelt Lorenz.

Nach etwa einer guten halben Stunde, sind dann endlich alle fertig zum abfahren.

Mit Trinkflaschen und Heugabeln ausgerüstet, nehmen die Kinder auf der Heuablage Platz. Lorenz und Charlotte sitzen vorne auf dem Bock. Um erst überhaupt keine lange Weile aufkommen zu lassen, stimmen die Mädchen während der Fahrt ein Lied an und Johannes versucht, so gut es geht mitzusingen. Manche seiner Töne sind schief und klingen fürchterlich, aber seine Schwestern finden es lustig und stimmen immer wieder in neue Gesänge ein.

Charlotte dreht sich um und wirft einen flüchtigen Blick nach hinten.

Guat so, denkt sie sich, dann herns a neda, wos i ernan Vattan zum song hob.

„Du, i hob fei Angst uman Buam."

„Waruma denn?"

„Na wenn a beim heinga aufm Pferdl sitzt. Er is oftmois wie a Sackl voia Wepsn! "

"Ach Weib, gräm die ned. Da Bua is ned alloa mitn Ross, wir sama ja dabei."

Charlotte gibt sich mit der Antwort ihres Mannes nicht zufrieden.

„Scho, aba da Gaul is no sehr jung und wir hamadn no ned lang in unsam Bsitz, das ma sei Gbahrn kenna. I dad ma mei Lebdog lang Vorwirf macha, wenn wos passiert!"

Lorenz schüttelt abschlägig mit dem Kopf.

„Johannes is a Bua und de san hoid moi wuida ois Deandln. Er bracht de Eckn und Kantn, wo a si reim und ausprobiern ko. A gstandns Mannsbuid soi a wern!"

An einem Stück Brotrinde kauend, die er sich nach dem Frühstück in die Brusttasche seines alten Baumwollhemdes gesteckt hat, beobachtet er seine Frau eine Zeit lang von der Seite.

„Na kumm Weibe, sorg di ned so! I werd scho obacht gem und jetzt Schluss mitn Gschwatz, boid san ma do!"

Schweigsam verbringen die Eltern die letzten Minuten der Fahrt bis zur Wiese, wo Lorenz das Heu vor ein paar Tagen ab gesenst und dann zum Austrocknen liegen gelassen hat.

„Brrr … und hoid!"

Der Wagen kommt zum Stehen.

„Oi aba vom Wong!", ruft Lorenz nach hinten über die Schulter.

Nachdem Charlotte vom Wagen gestiegen ist, macht sie sich geschwind daran, ihrem Sohn vom Karren zu helfen. Doch zu spät!

Bis sie sich versieht, ist Joannes auch schon vom Anhänger gesprungen und landet unverletzt auf allen Vieren.

„Mei Bua wos machstn wieda?"

Der Junge grinst über beide Ohren.

„Ois guad Muatta!“

Lorenz schmunzelt und denkt sich seinen Teil.

Hom duadas scho Faust dick hinta de Ohrwaschl! Er woas gnau, wiea sei Mutta zum glian bringt.

„Geh moi her Bua und hoifma beim oblon“, fordert Lorenz ihn auf.

Gehorsam eilt Johannes seinem Vater zur Seite.

„Vatta, i wui wos wissen.“

„Ja wosn Bua?“

„Wos a Mannsbuid is, des wos i. Aba a gstandnes – des kenn i ned. Werd der obundn damid a städ?“

Lorenz überlegt, ob der Junge vielleicht Charlotte und ihn während der Fahrt belauscht haben könnte? Denkbar wäre es. Vermutlich ist er deshalb so wild vom Wagen gesprungen, um seine Mutter zu fuchsen.

„Birschal, host uns beim fahn blauscht?“

Johannes spitzbübisches Gekicher ist Antwort genug.

„Woast Bua, manchmoi kannt ma di wirkli … “

„Wos kannt ma midn Buam?“, will Charlotte wissen, die die Unterhaltung der beiden von weiten beobachtet hat.

„Ach nix, is ned wichtig“, versucht Lorenz die Situation zu beenden.

Doch Johannes hat immer noch keine Antwort auf seine Frage erhalten und nervt deshalb den Vater mit seiner wissbegierigen Art weiter.

„Is a gstandner  Mo a so gscheid wi du Vatta?“

Die Eltern finden die Fragerei witzig.

„Bi i a Gscheida – wos moanstn du Weibe?“, will Lorenz belustigt von seiner Frau wissen.

„Dei Vatta hod ka Stroh im Kopf, des kost ma glam Bua!“

Mit ernsthaftem Gesichtsausdruck geht Lorenz vor seinem Sohn in die Knie.

„Woast Johannes, des hob i deina Großmuatta zum vadanga. De hod mi imma fleißig ind Schui gschickt."

Johannes ist skeptisch.

„Is in da Schui sche?"

Lorenz sieht Charlotte von unten herauf bedeutungsvoll an.

„Freili und wem ma do eus kenna lernt fürs Lem!"

Liebevoll blickt er in die braunen Augen seiner Frau und würde sie am liebsten Küssen. Doch was das wieder für eine Fragerei bei seinem Sohn auslösen würde, nein das will sich Lorenz doch nicht antun.

Stattdessen streicht er seinen Jungen liebevoll über das Haar und erhebt sich langsam.

„Johannes woast, es is wichtig, das ma ned bloß Muskln hod, sondan a wos im Hirnkastl."

# Geistige Andenken

Lorenz Gedanken schweifen in die Vergangenheit.

Niemals hatte sein eigener Vater gute Noten von ihm anerkannt. Im Gegenteil, lange hat es gedauert, bis der alte Herr den Schulbesuch seines Sohnes halbwegs geduldet hat. Lob und Anklang und das daraus wachsende Selbstbewußtsein, bekam er nur von seiner lieben Mutter.

Am schlimmsten aufgeführt hat er sich, als Lorenz mit sechs Jahren die erste Klasse besuchte.

Und wie er die Mutter oft zusammengebrüllt hat! Lorenz dreht es heute noch den Magen um, wenn er sich diese Auftritte des Alten in Erinnerung ruft.

Die Sache in der Küche damals!

Polternd kam sein Vater eines Morgens in die Stube herein. Er riss dabei die Küchentüre so heftig auf, dass der Windzug der entstand, sogar das Kerzenlicht am Esstisch zum Erlöschen brachte.

Wie es das Schulprotokoll für den Besuch der Schule vorschrieb, saß sein Sohn mit sauberer Kleidung und ordentlich gescheiteltem Haar am Tisch.

Die dunklen Augen des alten Raubeins funkelten böse und musterten Lorenz vom Scheitel bis zur Sohle.

„I sieg woi ned richtig!?"

Mit einem lauten Krachen landeten seine Riesenpranken auf der Tischplatte. Milch schwappte aus dem Krug und füllte die Ritzen des alten Tisches. Mutter machte sich geschwind daran mit einem Lappen das Missgeschick zu beseitigen, aber bis sie sich versah, riss ihr der Alte den Fetzen aus der Hand und plärrte sie an.

„Du Rindvieh, du deppats! Ja wos glabstn, wer uns dArbad macht?"

Lorenz saß damals mit eingezogenem Kopf und mit schützenden Händen an den Ohren am Tisch.

Die laute Stimme seines Vaters fuhr ihn dröhnend durch das Hirn und reizte ihn bis in die Haarwurzeln.

„Ab ind Kamma und ziag da dei Abadsgwand o und dann schaugst, dasd indn Stoi kummst!"

Verängstigt und eingeschüchtert blickt der Junge schweigend zu seinem Vater auf. Als Lorenz aus Angst nicht sofort auf den Befehl reagiert, wird das Verhalten des Alten noch gröber. Er packt den Jungen am Ohr, zieht ihn hinterm Tisch hervor und bukst ihn in Richtung Tür.

„Ja herstn du schlecht, ab indn Stoi hob i gsagt!"

„I wui aba ind Schui, wos lerna! Und ned jedn Dog bei dir im gschdingadn Stoi abadn."

Die Zornesröte stieg dem Alten ins Gesicht, er hatte sich kaum mehr unter Kontrolle. Mit der Hand holte er schon zum Schlag aus, doch Lorenz flüchtete hilfesuchend in die Arme seiner Mutter.

Schützend schob sie den Kleinen hinter sich und stellte sich ihrem Mann in den Weg.

„Lass den Buam ind Schui geh! Er sois im Lem moi leichda hom ois wir."

Drohend, durch seine körperlichen Maße war das keine Schwierigkeit, baute der Alte sich vor seiner Frau auf und raunzte mit furchteinflößender Stimme:

„I bi da Herr im Haus, do werd, wos i sog – host mi!?"

Dabei griff er sich Lorenz am Arm, zerrte ihn hinter der Mutter vor und verschwand mit ihm im Stall.

Was damals anschließend geschah, an das will Lorenz heute gar nicht mehr denken!

Es graut ihn einfach, wenn er über seine Kindheit nachdenkt! Niemals würde ihm in den Sinn kommen, mit seinen Kindern so beschämend umzugehen, als wie er es erlebt musste.

Es kam früher auch vor, dass sein werter Herr nicht nur ihn und seine liebe Mutter zum Rande der Verzweiflung brachte. Nein, er legte sich oft zur Genüge mit sämtlichen Leuten aus der Gemeinde an. Und das manchmal nicht ohne Folgen!

Der damalige Vorfall in der Schule hatte für Lorenz weitreichende Konsequenzen.

Wie es einst des Öfteren vorkam, hat der alte Griesgram am besagten Morgen mal wieder verpasst, pünktlich aufzustehen um das Vieh im Stall zu versorgen.

Die Tiere wollten natürlich wie jeden anderen Morgen auch, gefüttert und gemolken werden.

Freilich schaffte die Mutter das nicht, allen Tieren gleichzeitig gerecht zu werden, deshalb wurde es auch ziemlich unruhig und laut im Stall.

„Wos isn des für a Grach, so frir am Moang?", wollte der Alte wissen.

Die Füße am Boden schlurfend, mit knittrigem Hemd und fleckiger Hose, betrat der Bauer den Stahl. Er roch immer noch nach Bier und Schnaps.

Achtsam betrachtete die Bäuerin ihren Mann.

Vorsicht war geboten – bloß kein falsches Wort!

„Kumm, hoif ma – dViecha woin ihr Fuda."

„Wo hodn da Bua si wida vagrocha?"

Anstatt seine Pflicht zu tun und seine Frau bei den Tieren zu unterstützen, fing er an zu stänkern.

„Da faule Gribbe wui si gwiss wieda drucka!"

„Lorenz gneift ned - in da Schui isa hoid, zum Lerna."

Die Mutter versuchte, die Abwesenheit des Jungen dem Vater möglichst bedachtsam nahezubringen – aber Fehlanzeige!

Er nahm das nächstbeste Arbeitsgerät, das er in seine Hände bekam und schlug es in seinem Zorn in zwei.

Mit dem abgeschlagenen Holzgriff hastete er brüllend auf seine Frau zu. Wie wild fuchtelte er damit vor ihrem Gesicht herum.

„Hob i da ned hundat Moi gsogt, das da Bua zum abadn do is?!"

Er rückte seiner Frau immer näher auf den Leib – wie sollte sie sich auch wehren gegen diesen Haudegen!

„I schlog da dein Schädl ei, wennst moanst du muast di weidahin gega mein Wuin schdein – Lorenz hod in da bledn Schui nix zum suacha!"

Schützend hielt sie sich ihre, von der vielen Hofarbeit zerschunden Hände über den Kopf. Tränen der Angst liefen der Frau über die rotfleckigen Wangen.

Oh wie sie dieses Ungetüm von Mann hasste! Am liebsten hätte sie ihm selber den Kopf eingeschlagen.

Er stieß sie damals so heftig von sich, dass sie mit dem Rücken an die Wand schlug, ihr deshalb die Luft wegblieb und in die Knie ging.

Der Alte ließ seine Frau einfach liegen, kümmerte sich nicht weiter um sie und verließ den Stall.

„Des Birschal hoi i ma und wenn i erm a an de Hoar aus

da Schui ause ziang mus!"

Stürmisch und ungestüm machte er sich mit trampelnden Schritten auf den Weg zur Schule. Von nichts und niemanden ließ er sich aufhalten. Seine Gedanken kreisten nur um eine Sache – wie brachte er es am besten fertig, Lorenz ein für alle Mal von der Schule fernzuhalten?

„Glabt da Lausbua ebba, er waradt womägli amoi gscheida eus sei Vatta!"

Die Grübeleien drehten ihre Runden weiter.

Und als er das Schulhaus erreichte, hatte er sich letztendlich in die Geschichte so hineingesponnen, dass er wahrscheinlich gar nicht mehr wusste, was er tat.

Er riss die große Eingangstüre des Gebäudes fast schon aus den Angeln, so kraftvoll war der Schwung, mit der er sie öffnete. Maulend stand er im Flur und wusste überhaupt nicht, wo er nach Lorenz suchen sollte.

„Vadammt no a moi, wo fang i denn do o zum sucha?"

Der alte Trottel - muss man schon fast sagen - hatte keinen Skrupel und stieß jede Klassentüre auf.

Mit grimmigem Gesicht betrat er die Klassenzimmer und stellte dabei andauernd die gleiche Frage.

„Wo isn mei Bua, da Lorenz?"

„Bei uns nicht!", gaben die Schüler zur Antwort und prusteten vor Lachen.

Nachdem er fast das komplette Schulhaus mit samt den Lehrern aufgescheucht hatte, wurde er beim letzten Zimmer fündig.

Als der Alte die Tür aufriss, erstarrte Lorenz vor Schreck beim Anblick seines Vaters! Es werd doch woi nix mit da Muatta sei, schoss es dem Jungen durch den Kopf.

„Vatta, wos duastn du do?"

Der Alte packte den Jungen am Hemdskragen und zerrte ihn hinterm Tisch hervor.

„Los stäh auf, d Schui is für di vorbei Birschal!"

Lorenz saß in der ersten Bankreihe vor dem Lehrerpult. Seine Fingernägel gruben sich vor Schmach in das Holz des Tisches, so groß war die Blamage und Schande, die sein Vater mit seinem Benehmen über ihn brachte.

„Lass mi Vatta, i wui ned! "

"I gib da glei – i wui ned!"

Bevor Lorenz sich versah, landete auch schon die Riesenpranke des Alten in seinem Gesicht.

Das Aufklatschen war heftig und für die anderen Klassenkamaraden nicht zu überhören! Ein Raunen ging durch die Klasse und danach wurde es mucks Mäuschen still.

Auch der Lehrer war sprachlos, etwas Derartiges hatte er selbst noch nie erlebt. Sein Mitleid für den Schüler war grenzenlos!

„Was fällt ihnen ein?! Lassen sie auf der Stelle den Jungen los!"

Der Alte ließ von seinem Jungen ab und wendete seine Aufmerksamkeit dem Lehrer zu.

Schritt für Schritt, in seinen Bewegungen langsam aber bedrohlich, näherte sich der alte Rüpel dem Pauker.

„Du drausta mir wos zum song?!"

Der Lehrer wollte vor seiner Klasse nicht als Feigling dastehen. Er nahm deshalb all seinen Mut zusammen, atmete tief ein, schob die Schultern nach hinten, strafte die Brust und trat Lorenz Vater entgegen.

„So wie sie es gerade taten, sollte man mit einem Kind auf

keinen Fall umgehen!"

Der Vater stand nun dicht vor dem Lehrer, der den Dunst von Schnaps und Bier natürlich roch.

„Und getrunken haben sie auch noch und das um diese Zeit – nun ja, ein Vorbild sind sie ihrem Jungen nicht gerade!"

Oh je, der draud si wos – wenn des bloß moi guad ged, denkt sich Lorenz.

Schnaubend vor Wut und bis aufs äußerste gereizt, dass der Gschweuschädl so mit ihm spricht, ist der Alte nicht mehr in der Lage an sich zu halten.

Er nahm das Tintenfass vom Katheder und kippte es über den Kopf des Lehrers.

„Vatta na! Duas ned!"

Lorenz wollte seinen Vater noch zurück halten, aber da war es bereits um den Lehrer geschehen.

Die blaue Tinte ran dem armen Kerl vom Gesicht in den Hemdkragen und verteilte sich großfleckig über die gesamte Bekleidung.

Wie eine Spukgestalt sah der Lehrer aus! Gespenstisch hoben sich seine weißen Augäpfel vom restlichen Gesicht ab.

Normalerweise hätte man angenommen, dass Kinder sich kringeln vor Lachen, wenn sie so etwas sehen, aber nichts dergleichen geschah!

Mucksmäuschen still war es im Klassenzimmer, nichts bewegte sich, keiner war in der Lage was zu tun – wie auch, bei diesem Scheusal von Vater!

„Des host davo du Depp! Bring dene Rotzgansen Gehorsam und Ordnung bei, aba ned mir!"

Dem Lehrer wurde ganz einerlei. Wie gelähmt stand er da, als hätte er tiefe Wurzeln in die Dielenbretter geschlagen!

„Und du Bua, schaugst dast midhoam gehst. I wui di do herinna nimma seng, host mi?!"

„Ja Vatta!"

Kleinlaut, beschämt und verlegen trottete Lorenz einst hinter seinem Vater her. Den Blick feste auf den Boden gerichtet, verließ er hinter seinem alten Herrn das Klassenzimmer.

Nie würde er je wieder einen Fuß in diese Schule setzten oder mit seinen Kameraden zusammen in diesem Zimmer lernen können. Viel zu groß war die Blamage, die sein Vater im angetan hat!

Etliche Tage später war der Auftritt von Lorenz Vater immer noch Gesprächsthema im Ort.

Bis zum Gemeinderatsvorsteher hatte sich der Vorfall rumgesprochen!

Dieser war dergleichen erschrocken und bestürzt über das böswillige Verhalten des Vaters, dass diese Angelegenheit für Lorenz nicht ohne Folgen blieb – er wurde von der Schule verwiesen!

Der Vater freute sich in seiner eingeschränkten Denkweise natürlich diebisch darüber, dass sein Sohn die Schule nicht mehr besuchen durfte.

Der alte Trottel hatte scheinbar keinerlei Vorstellung, was er seinem Kind damit antat.

Zweifellos war das bei der Mutter anders! Für sie war klar, dass Lorenz Leben nur eine Zukunft hatte, wenn er sich auch geistig bildete.

Sie wusste allerdings nicht, wie sie das ihrem Alten jemals begreiflich machen sollte – aber aufgeben kam für sie nie in Frage, schon allein Lorenz zuliebe nicht!

Als erstes einmal musste sie zusehen, wie sie den Gemeinderatvorsteher überzeugen konnte, ihren Jungen doch wieder in die Werktagschule aufzunehmen.

„Gute Frau, wie stellen sie sich das vor! Wer garantiert mir den, das ihr Mann unser Schulhaus nicht erneut aufsuchen wird?"

„I vasprichs erna hoch und heilig Herr Gmoaratvorsteha, das i eus do werd, damid so wos nimma vorkumd."

„Und wie wollen sie das bitte anstellen?!"

„I woas a ned, irgand wie werds scho geh! Sicha is jednfois, wenn mei Bua koa Schui bsuacht, dana bleibt da ma auf da Schdreckn. Nur imma midn Vattan im Stoi, des is auf Daua nixn!"

„Da gebe ich ihnen völlig Recht!"

Der Vorsteher überlegte noch ein Weilchen hin und her, bis er letztendlich doch eine erneute Aufnahme des Jungen beschloss.

Lorenz Mutter war heilfroh über diese Entscheidung und nahm sich vor, Lorenz Anteil an der Hofarbeit zusätzlich zu ihrer eigenen zu übernehmen. Bestimmt war der Alte mit dieser Lösung zufrieden – Hauptsache er musste die Arbeit nicht tun! Wie es seiner Frau erging, war im wahrscheinlich letzten Endes egal!

Zu diesem Zeitpunkt konnte niemand ahnen, zu welcher hundsgemeinen Tat Lorenz Vater noch fähig war.

Verärgert über den Entschluss, seinen Sohn doch wieder in den Schulbetrieb aufzunehmen, lauerte er eines Nachts dem Gemeinderatsvorsteher nach einem Wirtshausbesuch auf, und brach ihn mit einem gezielten Faustschlag das Nasenbein.

Mit heftigen Nasenbluten und einem zugeschwollenem Auge, schleppte sich der Vorsteher ins Wirtshaus zurück.

Die anderen Gäste waren alle samt erschüttert über solch einen gewaltsamen Angriff, noch dazu auf das Gemeindeoberhaupt!

Einige Bauern taten sich zusammen und brachten den Vorsteher sofort zum Doktor ins Armenhaus. Vom Übeltäter fehlte allerdings jede Spur!

Man konnte einst Lorenz Vater an der Tat nichts, aber auch überhaupt nichts nachweisen! Niemand hatte was gehört oder gesehen – und somit blieb sie ungesühnt!

Der Alte wurde zwar von jeder man verdächtigt es gewesen zu sein, wer den sonst hätte Grund, so etwas zu tun? Aber handfeste Beweise gab es gegen ihn keine!


Zum Glück sprang seinerzeit die verachtende Haltung der Mitbürger gegenüber Lorenz Vater, nicht noch auf seine gutherzige Mutter und ihn selbst über.

Manche taten die zwei nur Leid – viele fragten sich, wie man mit solch einem Scheusal bloß leben konnte?!

Ebenso wenig hegte der Vorsteher Groll gegen die beiden. Rasch erholte er sich von dem nächtlichen Überfall, er war ja damals noch jung!

Was den Amtmann allerdings bislang immer häufiger beunruhigte, waren – vorsichtig ausgedrückt – die Klagen einiger Bewohner über die Amtsträger der Kirche. Lorenz bekam in jungen Jahren diese Vorwürfe gegen einzelne

Priester nur am Rande mit, er war noch zu klein, um die Zusammenhänge zu verstehen.

Je älter er dagegen wurde, desto besser kann er sich daran erinnern. Diese Beschuldigungen, Kleriker würden sich das Seelenheil einiger Leute, denen Schlimmes wiederfahren war oder die sich um die Gesundheit sorgten, bezahlen lassen, rissen nie richtig ab.

Bis in die Gegenwart hielten sich die Tratschereien – hartnäckig und zäh!

Erst kürzlich, im Wirtshaus, hatte ein Gemeinderatsmitglied hinter vorgehaltener Hand, von solchen Unverfrorenheiten erzählt.

Sein ganzes Hab und Gut hätte ein Bauer an einen Kleriker verloren, der gegenwärtig im Amte sei.

Lorenz überlegt, der Name war irgendwas mit Thiemo ... Tibor ... oder war es Theodor?

Er weiß es nicht mehr, ist ja auch nicht so wichtig!

Dringender ist auf alle Fälle die Feldarbeit, die nun auf ihn und seine Familie wartet – und die sich nicht von alleine erledigt!

# Vom Glück verlassen, Seelenschmerz

„Jetz is aba gnua midn drama – auf geds Weibsn, fang ma o midn abadn!"

„Und i Vatta?"

Erwartungsvoll schaut Johannes zu seinem Vater auf.

„Du bagst natirli a mid o, so wiasas für an Mo kerd!"

Geschwind machen sich die Eltern mit den Kindern an die Arbeit.

Gekonnt nehmen sie das getrocknete Gras mit der Gabel auf und werfen es abwechselnd auf den Anhänger.

Johannes greift dabei das Heu mit den Händen. Für ihn ist die Gabel noch ein bisschen zu groß und zu schwer.

Dabei kommt er den anderen öfters in die Quere, was bei den Mädchen zu Verdruss und Unmut führt.

Maria stupft ihren Bruder etwas unsanft in die Seite.

„Mei Johannes – du Depp! Oiwei schdesst an mei Heigobe, dees gibts ja net! Vattan setz ean endli aufs Pferdl, do gäd a am wenigstn im Weg um!", empört sie sich.

„Heh junge Bißgurrn", mischt sich die Mutter ein, „ned so gallig! Du wast a amoi fünfe und gwiss net orfach!"

Der Vater zögert nicht lange, legt seine Gabel zur Seite, marschiert zu seinem Sohn und nimmt ihn auf den Arm.

„Auf gäds Bua, aufa aufn Gaul – werd Zeit, dastn Wong ziagst."

Lorenz spürt, wie sich die stechenden Blicke seiner Frau regelrecht in seinen Nacken bohren, wenn diese töten könnten, würde er auf der Stelle Tod umfallen!

Aber der junge Mann ist überzeugt, dass richtige zu tun. Auch er wurde so von seinem Vater erzogen. Lorenz muste schon in jungen Jahren seinen alten Herrn zur Hand gehen und das in einer viel gröberen Art und Weise, nur ungern erinnert er sich daran!

Mit Schwung hebt Lorenz den Jungen auf den Rücken des Tieres, fasst seine Hände und drückt sie fest in die Mähne.

„Gscheid festhoidn, koane Flacksn – host mi Biwal?"

„Ja Vattan", klingt die Stimme von Johannes voller Stolz.

„Guad! Elisbeth kumm her. Geh neban Gaul und führn langsam am Gscherr. D Muatta, Maria und i, loon des Hei aufn Wong. Seudad dei Bruada an Schmarrn macha und wirs net glei seng, drast di um und rufst nach hintn."

„Dua i Vatta."


Wie im Flug vergeht die Zeit und die Familie kommt mit dem Heuaufladen zügig voran.

Sie hätten etwa noch eine Viertelstunde Arbeit vor sich, da zerreißt plötzlich ein gellender Schrei das friedliche Schaffen!

„Au – au!", brüllt Elisabeth mit schmerzverzerrtem Gesicht und schriller Stimme.

Ein kleiner, spitzer Stein hat sich in ihre Fußsohle gebohrt. Hatte ihre Mutter sie nicht noch vor der Abfahrt aufgefordert, festes Schuhwerk für die Feldarbeit anzuziehen?!

Aber nein, was gab das kleine Mädchen ihrer Mutter zur Antwort – das braucht sie nicht, barfuß kann sie das Gras besser spüren!

Mit angewinkeltem Bein hüpft Elisabeth nun wie wild auf der Stelle.

So ein kantiger Kieselstein tut natürlich höllisch weh, wenn er sich in die Fußsohle bohrt, besonders bei einem Kind, das noch wenig Hornhaut an den Füßen hat.

In diesem Fall ist Elisabeths lautes Geschrei aber äußerst ungünstig, da es dazu führt, dass sich das junge Pferd zu Tode ängstigt. Es bäumt sich laut wiehernd und mit blähenden Nüstern auf, was den darauf sitzenden Johannes wiederum in äußerste Gefahr bringt.

„Höife! Höifts ma – i foi oba!"

Der Junge versucht sich in der Mähne des Pferdes festzuklammern, aber es gelingt ihm nicht. Das Tier stellt sich ein zweites Mal auf seine Hinterbeine, der Bub verliert den Halt und stürzt zu Boden.

Dabei schlägt er so heftig mit seinem Kopf und den Rücken auf, dass er besinnungslos liegen bleibt.

Todesstille!

Eltern und Geschwister sind wie von Furcht betäubt. Absolute Regungslosigkeit, Johannes gibt keinen Laut mehr von sich!

Schlagartig und wie vom Blitz getroffen, läuft Charlotte zu ihren Jungen. Maria und Elisabeth tun ihr gleich und hasten ihr nach.

Nur Lorenz steht wie zu einer Salzsäule erstarrt da, ganz und gar unfähig, auf die geschehene Situation zu reagieren. Er ist bis ins Mark getroffen und geschockt über das, was sich gerade vor seinen Augen zugetragen hat.

Elisabeth kauert neben ihren Bruder nieder und schlingt ihren Arm um seine schmalen Hüften und beginnt zu schluchzen. Dicke Tränen fließen ihr über die glühenden

Wangen.

„Sduad ma leid, des woid i ned! Aba da Stoa hod so weh do!"

Maria tritt von hinten an ihre kleine Schwester heran. Mit zittriger Hand streicht sie ihr die braunen, langen Haare aus dem Gesicht und nimmt sie beruhigend in den Arm.

„Pst, bruhig di!"

Charlotte kniet ebenfalls neben Johannes am Boden. Währenddessen sie seinen Puls tastet, überzeugt sie sich, dass er noch atmet. Das Blut wallt nur so durch ihren bebenden Körper und ihre Stimme klingt brüchig vor Aufregung.

„Johannes – Bua mach d Aung auf!"

Mütterlich tätschelt sie über seine runden Bäckchen und fährt über sein hellbraunes Haar.

Nichts tut sich, der Junge zeigt keinerlei Reaktion!

Charlotte reißt sich von ihrem Sohn los und richtet sich auf. Dabei sucht sie den Blickkontakt zu ihrem Mann.

In ihren Augen spiegelt sich das blanke Grauen – aber nicht nur das! Lorenz meint auch noch, die totale Ablehnung gegen sich selbst zu erkennen.

Klar, gibt sie ihm die Schuld für das Geschehene und missbilligt seine Entscheidung, Johannes auf das Pferd zu setzen. Er alleine – und das kann er in ihren Augen buchstäblich ablesen – hat das Vorgefallene zu verantworten!

Lorenz jagt es dabei eiskalte Schauer über den Rücken. In diesem Moment wird ihm bewusst, möglicherweise nicht nur den über alles geliebten Sohn, sondern auch jegliche Beziehung zu seiner Frau zu verlieren!

Abrupt tritt Charlotte auf ihren Mann zu und schlägt mit den Handflächen fest gegen seine Brust.

„Himmi Herr God no moi – duo doch endli wos!"

Der klatschende Laut reißt Lorenz aus seiner Starrheit. Langsam wieder klarer im Kopf werdend, packt er die Handgelenke seiner Frau und schiebt sie von sich weg. Dabei entzieht er sich ihrer kalten, fesselnden Miene und wendet sich wie betäubt seinem Sohn zu.

Er bückt sich, fasst unter die Schulter und die Beine von Johannes und hebt ihn hoch.

„Maria nim an Gaul, geh mid deina Schwesta hoam und sorg di um sie. I und Muatta bringan dein Bruada zum Dokda ins Armahaus."

Gehorsam nickt Maria mit dem Kopf und greift nach der Hand ihrer Schwester.

Zum Abschied schmiegen sich die beiden Mädchen fest an ihre Mutter. Doch Charlotte erwidert die Berührungen ihrer Kinder kaum.

Stattdessen streicht sie ihnen belanglos über ihr Haar, dreht sich um und geht hastig Richtung Markt.

Lorenz tun die Mädchen leid. Er beugt sich, so gut es mit Johannes auf dem Arm geht, zu ihnen hinunter und gibt beiden ein Küsschen auf die Wange.

„Gebds acht auf eich zwoa!"

Daraufhin folgt er mit eiligen Schritten seiner Frau.


Als sie vor lauter hetzen, völlig nassgeschwitzt vor dem Armenhaus ankommen, ist Johannes immer noch ohne Bewusstsein.

Wie wild hämmert Charlottes Herz gegen ihre Brust und

auch Lorenz tut sich beim Atmen schwer.

Beide verweilen einen Moment und schnaufen durch.

„Charlotte – eus werd wieda guad, glam mas!"

Aber anstelle ihrem Mann zu antworten, lässt sie ihn einfach stehen, steigt rasch die Treppen empor und öffnet die Stationstür – Lorenz folgt ihr depremiert.

Am Empfang sitzt eine ältere Kollegin. Diese schaut von ihrer Arbeit hoch und erblick Charlotte.

„Was machst du denn hier? Du hast doch keinen Dienst."

„Mei Bua is vom Ross gfoin! Er is dasig und rian duada si a nimma."

„Oh mein Gott wie schrecklich, der arme Junge!"

Lorenz kann Johannes nicht mehr lange halten.

„Wo ko i erm obleng, er werd ma langsam zschwar."

„Bringt ihn gleich hier ins ertst Behandlungszimmer, ich hole sofort den Arzt!"

„Aba bidschen nimma des Ferkel von meim Weib ihra Niedakunft!"

Charlotte ist über Lorenz Worte empört.

„Heudst du ned glei dei Mei!

„Is doch wor, oda eba ned?!

Nachdem Lorenz Johannes vorsichtig auf der Liege abgelegt hat, dreht er sich wütend zu seiner Frau um.

„Du bläde Grampfhenna, wos soian dei Gschwetz eigentli?!

„I woas ned wost moanst? "

„Mei Bua is vom Ross gfoin – des muos hoaßen – unsa Bua!! Johannes is mei Kind wie deins. I bi gnauso vom Donna griat wie du, eam do so higschdreckt ling zum seng!"

Charlotte gibt keine Antwort.

Sie schaut beharrlich an Lorenz vorbei und würdigt ihn keines Blickes mehr.

Gerade eben, als er erneut versuchen wollte, sie zum Sprechen zu bewegen, geht die Türe auf und der Arzt, gefolgt von der Krankenschwester, tritt ins Zimmer.

Als Lorenz den Arzt sieht, schnauft er vor Erleichterung tief ein und lässt die Luft zwischen seinen leicht zusammengepressten Lippen entweichen.

„Mei bi i froh – zum Glick is des a andra!"

Der Arzt guckt Lorenz verdutzt an.

„Ich verstehe nicht ganz, was meinen sie?"

„Macht nix Herr Dokta – bast scho!"

Nach kurzem Gruß geht er auch an Charlotte vorbei und richtet seine volle Konzentration auf das vor ihm liegende Kind.

„Schwester helfen sie mir den Patienten zu entkleiden, wie heiß der kleine Mann den überhaupt?"

„Johannes", antworten Charlotte und Lorenz gleichzeitig.

„Aha – wenn ich mich nicht täusche, bedeutet der Name - gnädig oder hat Gnade erwiesen – würde auf alle Fälle zum Unglück passen!"

Exakt lässt sich der Arzt den Hergang des Unfalls von den Eltern erklären.

Zuerst erfolgt eine gründliche Untersuchung des Kopfes.

Zum Glück gibt es keine offenen Wunden oder Blutungen aus Nase und Ohren!

Anschließend begutachtet der Arzt die Größe und Form der Pupillen, sowie die Atmung des Jungen und die Beschaffenheit seiner Haut.

Abschließend untersucht er ihn am ganzen Körper und bewegt dabei vorsichtig dessen Arme und Beine, um weitere Verletzungen auszuschließen.

„Ich bin fertig. Bitte Schwester, verlegen sie Johannes in ein Einzelzimmer."

„Was, alleine in ein Zimmer?!"

„Ja natürlich – was denken sie denn?"

„Aber wir sind voll bis unters Dach, wir können es uns bestimmt nicht leisten, nur einen Kranken in ein Zimmer zu legen."

Charlotte wundert sich etwas über die Äußerung ihrer Kollegin. Hatte sie doch immer geglaubt, sie hätten ein freundschaftliches Verhältnis und die eine würde für die Interessen der anderen einspringen.

Am liebsten hätte sie ihr eine – blöde Kuh! – an den Kopf geschmissen, aber diese Energie brachte sie nicht auf.

Es ist besser, wenn sie sich ihre Kraft für die kommende Zeit aufhebt, da wird wohl noch einiges auf sie zukommen!

„Sagen sie mal Schwester, bin ich jetzt der Arzt oder sie?!"

„Sie selbstverständlich Herr Doktor!"

„Na sehen sie – geht doch! Und jetzt bringen sie den Jungen schleunigst in sein Zimmer."

Ohne einen weiteren Kommentar abzugeben, macht sich die Krankenschwester daran, die ihrer aufgetragene Arbeit zu erledigen.

Charlotte will unbedingt in Johannes Nähe bleiben und folgt deshalb ihrer Kollegin nach draußen.

Doch Lorenz hält sie am Arm zurück.

„Wos foid da denn ei? Las mi auf da Stei los, sonst glad-
schi da glei orne!"

Im Nu liegen Lorenz Nerven abermals blank.

„He Weib, wiea redsdn du mit mia?!"

„Las mi los, hob i gsogd!"

Lorenz wirkt verunsichert. Er lockert seinen Griff um den
Arm seiner Frau etwas, aber bis er sich versieht, schüttelt
sie seine Hand gänzlich ab.

Der Arzt bemerkt die Anspannung zwischen den Eheleu-
ten und versucht zu entscherfen.

„Bitte Charlotte, bleiben sie hier. Ihr Sohn braucht gegenwärtig absolute Ruhe!"

„I wui aba bei erm sei und sei Hand heutn, wenn a aufwacht."

„Ich kann sie ja verstehen! Aber sie können derzeit nichts
für ihren Jungen tun."

„Aba ... "

„Nichts – aber – sie können derzeit null für ihn tun! Johannes hat eine massive Gehirnerschütterung, die ein-
hergeht mit Bewusstseinsverlust, als Folge eines Schädel-
traumas."

Charlotte beginnt zu schluchzen. Und auch Lorenz bekommt bei dem Gehörten weiche Knie.

„Es tut mir leid, ihnen beiden das in aller Deutlichkeit
nun sagen zu müssen, aber ob sich ihr Kind Lähmungen
zugezogen hat, kann ich zum jetzigen Zeitpunkt schwer
beurteilen."

„Und wos hoast des jetza?", will Lorenz wissen.

„Ganz einfach, das wir warten müssen, bis er wieder aufwacht."

Tränen verschleiern Charlottes Blick.

Sie wischt sich mit dem Handrücken über die Augen, bevor sie noch eine letzte Einzelheit vom Arzt wissen möchte.

„Und – wann werd des sei?!"

„Leider Gottes kann ich ihnen das nicht sagen, ein paar Tage, vielleicht aber auch einige Wochen – ich weiß es nicht!"

Oder möglicherweise wird er gar nicht mehr wach werden – weiß man das?!

# Ein Arzt ist kein Prophet

Logisch kann man das nicht wissen – woher auch?

Einen Teufel werde ich tun und das vor den Eltern laut aussprechen, denkt sich der Mediziner.

Diesen Fehler, besser gesagt – diesen Sprachfehler – hat er einmal gemacht, aber nochmals wird ihm das nicht passieren.

Ist ihm auch nicht, seit der Geschichte vor zwei Jahren! Er lebte damals mit seiner schwangeren Frau unterm Dach bei Bauer Franz.

Eine durch und durch herzensgute Bauernfamilie. In jeder Beziehung, egal ob es um Unterkunft oder Essen ging, sie gaben sozusagen ihr letztes Hemd für ihn und seine Frau.

Die Frau vom Bauer Franz war zum dritten Mal schwanger und ihr Mann hoffte sehnlichst, dass das dritte Kind endlich ein Junge wird!

Der Bauch der Bäuerin wurde immer kugelrunder und ihr Mann bestand darauf, dass der liebe Doktor, zu dem er nicht weit hatte, nur mal kurz die Treppen hinauf, mindestens einmal die Woche, bei seiner werten Frau nach dem Rechten sah.

Na, man kann sich vorstellen, das der liebe Doktor bestimmt viel zu tun hatte.

Seine eigene Frau ärztlich zu versorgen, dann die Bauersfrau zu behandeln, natürlich nicht zu vergessen, die vielen Fragen die der Bauer stellte, die mussten selbstverständlich ausgiebigst beantwortet werden.

Auch wenn sie sich zum x-ten Mal wiederholten!

An letzter Stelle wäre da noch die Arbeit des Arztes auf der Krankenstation zu erwähnen. Schließlich müsste er auch ein bisschen Geld verdienen und an seine Zukunft denken. Frau, Kind – dass kostete alles Geld und letztendlich wollte er mit seiner kleinen Familie nicht ewig bei Bauer Franz leben.

Und dann war es soweit, den besagten Tag wird der Arzt wohl sein Leben lang nicht mehr vergessen.

Bei der Bäuerin begannen die Wehen einzusetzen. Zu Anfang verzögert, aber je weiter die Geburt voranging, desto mehr Dampf war dahinter.

Die Frau wand sich nur so vor Schmerzen, sie hielt sich ihren viel zu groß geratenen Bauch und schrie sich die Seele aus dem Leib.

Und ihr Mann, der stand ihr in seinem Verhalten keinesfalls nach!

Hektisch und bis in die Haarspitzen überzeugt, bald seinen langerwünschten Jungen in die Arme schließen zu können, sprang er vor dem Bett seiner Frau auf und ab. Auf keinen Fall wollte er sich vom Doktor überreden lassen, aus dem Zimmer zu gehen.

„Bittschön Franz, verlass den Raum."

„Na, auf koan Foi werd i des doa!"

„Du machst mich nervös mit deinem Getrampel!"

„Ah geh! Schaug lieba, das eus guad ged."

Der Arzt hatte wirklich, wörtlich gesehen – alle Hände voll zu tun – um das Fortschreiten der Entbindung unter Kontrolle zu behalten.

„Mein God na, so wia de blerd, werd des gwis a Bua!"

„Hm … hm …", war die äußerst knapp gehaltene Antwort

des Mediziners.

„Wos?! Bista nimma sicha?", kam prompt die Nachfrage.

Und nun ist es soweit, jetzt kam der alles entscheidende Fehler in der Wortwahl des Arztes!

„Doch, doch ... da du dir so sehr einen Jungen wünscht, wird es bestimmt einer!"

Anstatt das er dem Bauern klar machte, dass sich nicht durch Wunschdenken das Geschlecht eines Menschen festmachen lässt und das dieses Verhalten zudem sehr ichbezogen ist, schürte er mit seinen Worten auch noch die Aussicht oder den Glauben des Bauers, endlich männlichen Nachwuchs zu bekommen!

„Dei Wort in Gods Or!"

Und so vergingen für Franz die weiteren Stunden mit schreien, stöhnen und Gekreische.

Als die Bäuerin es dann endlich geschafft hatte, auch der Arzt ging von einem Jungen aus, und mit den letzten Presswehen ihrem Mann – nur ein Mädchen – gebar, wuchs Franz die Situation über den Kopf.

Mit riesen Augen, so groß wie Äpfel, fixiert der Bauer die Kleine.

„Da feid ja no wos!!"

Verständlicherweise schüttelt der Arzt den Kopf.

„Mensch Franz, sei doch froh, das das Kind gesund ist!"

„Aba du host doch seubst gsogt, des werd a Bua und koa Bixn!"

„Nein, so habe ich es nicht gesagt"

„Freili host des do, am liabstn dad i da one einefozn!"

„Nein – so habe ich das nicht gemeint!"

„Ja wian dann du Depp?!"

Wutentbrannt stapfte der Bauer aus dem Zimmer und schmiss die Türe zu, dass es nur so knallte!

Seine größte Besorgnis bestand darin, sich Gedanken zu machen, wie sich seine Stammtischbrüder das Maul zerreisen werden, wenn sie zu Ohren bekommen, das es wiederum – nur zu einem Mädchen – gereicht hat.

Er hörte ihr Gequatsche schon, er sollte doch froh sein, das er wenigstens drei Mädchen hätte, denn wenn er sich vorstellte, es ginge gar nichts – ja wohin dann, mit der Wasserspritze!!

Aber im Eifer des Gefechts, merkte keiner der beiden Männer, das da noch ein zweites Kind auf die Welt wollte.

Nach einer kläglichen Atempause, begannen die Frau erneut zu pressen und brachte schließlich einen kernig, strammen – Maxi – zur Welt!

„Oh mein Gott!", der Arzt war völlig aus dem Häuschen er glaubte seinen Augen nicht zu trauen.

Das Problem war jetzt leider nur, das der Bauer reiß aus genommen hat!

Es war keiner da, der sich mit der soeben vierfach gewordenen Mutter freute – außer der Arzt natürlich.

Dieser wiederum, war nichts anderes als heilfroh, aus der Nummer unbeschadet herausgekommen zu sein!

Aber wirklich ganz genau würde er in Zukunft auf seine Wortwahl achten, das ist hundert Prozent sicher!

# Gefühle des Vaters

Charlotte kann ihre Tränen nicht mehr länger zurückhalten. Ihr ganzer Körper zittert voller Erschöpfung und sie beginnt hemmungslos zu weinen.

Ihren Jungen womöglich niemals mehr in ihre Arme schließen zu können, die Vorstellung daran, nimmt ihr schlichtweg den Atem.

Charlotte tut dem Arzt leid.

Er hat es zwar zum Glück selbst noch nie erlebt, aber die alleinige Vorstellung, sein eigenes Kind würde verunglücken und er könnte nichts machen, damit es ihm besser ging, wahnsinnig würde er werden!

Der Arzt wendet sich Lorenz zu.

Der steht allerdings genauso blass und traurig da wie seine Frau, aber er macht doch noch einen gefassteren Eindruck als sie.

„Gehen sie mit ihrer Frau heim!"

Resignierend schaut er den Arzt an.

„Wos soi i den dortn?"

Der fasst Lorenz kurzerhand an den Schultern und schüttelt ihn kräftig.

„Mensch Lorenz, jetzt reißen sie sich bitte zusammen, ihre Familie braucht sie doch!"

Lorenz zeigt mit dem Kinn nickend, in Richtung seiner Frau.

„Sie seng doch, wias mi oblehnt!"

„Geben sie ihr Zeit! Wenn sich an Johannes Zustand was verändert, werden wir sie durch einen Boten sofort informieren."

Dankend nickt Lorenz dem Mediziner zu und fordert seine Frau zum Gehen auf – aber sie reagiert nicht.

„Kum Charlotte, der Dokta hod a no andre Grangane zum vasorgn."

Da sie immer noch keine Anstalten macht rauszugehen, legt Lorenz ihr leicht seine Hand auf den Rücken und versucht, sie sachte aus dem Zimmer zu schieben.

„Mach scho, geh endli zura!"

Verärgert schüttelt Charlotte die Hand ihres Mannes ab.

„I ko seuba geh, schleich di!"

Sie straft Lorenz erneut mit verächtlichen Blick und verlässt dann doch mit eiligen Schritten das Behandlungszimmer.

Auf dem Nachhauseweg beeilt sich Lorenz zwar um Anschluss zu halten, aber wenn man die beiden nebeneinander betrachtet, erwecken sie nicht den Eindruck, sie wären Eheleute, eher wirken sie wie Fremde zueinander.

Die Lage ist für die beiden herzzerreißend!

Was die Geschehnisse zusätzlich verschärft, ist die Ungewissheit über den Verlauf von Johannes Gesundheitszustand.

Die Umstände ermöglichen zu viel Raum für Grübeleien und Vorwürfe. Sie müssen mit ihren aufgeheizten Gefühlen schnellstens lernen sorgsam umzugehen.

Schließlich haben sie noch zwei weitere Kinder unter ihrem Dach wohnen. Auch die Mädchen brauchen Zuwendung und Fürsorge, gerade in diesem Fall!

Besonders Elisabeth - womöglich gibt sie sich selbst die Schuld an dem Unfall ihres Bruders.

Und das wäre allerdings eine furchtbare Last, für die kleinen Schultern dieses Mädchens, ihr Leben könnte daran zerbrechen!

Als die Eltern endlich zu Hause ankommen, werden sie bereits sehnsüchtig von ihren beiden Mädels erwartet.
Aufgeregt treten Maria und Elisabeth ihnen entgegen.
Am liebsten hätten es die Kinder, wenn Lorenz und Charlotte ihnen ihre vielen Fragen gleichzeitig beantworten würden.
„Wia geds am Johannes, hod a seine Aung wieda offa? Wos hod da Dokta eus gsogt? Kummt a boid wieda auf d Fiaß?"
Und so geht die Fragerei weiter und weiter.
Lorenz steht ein wenig abseits, er hält sich bewusst im Hintergrund, um seine Familie zu beobachten.
Speziell Charlottes Verhalten ist für ihn von großem Interesse. Er hofft, dass sie sich wenigsten den Mädchen gegenüber zusammenreißt und sich ihnen ein bisschen öffnet.
Aber nichts – ihre Haltung ist unverändert, schroff und abweisen!
„Lasst eich vom Vattan brichtn!"
Doch Maria gibt sich mit dieser Antwort nicht zufrieden.
„Na Muatta, i wui von dir hern, wias am Johannes ged!"
Trotzdem schüttelt Charlotte abwehrend den Kopf.
„I bi miad, wui alloa sei."
Und dabei belässt sie es auch, dreht sich um und verschwindet im elterlichen Schlafzimmer.
Beschämt wendet sich Elisabeth an ihren Vater.

„Warum isn dMuatta gastig?"

„Mei Madl, i woas do aned!"

„Wegam Stoa womegli, wei i so blärd hob?"

„Geh na – des derfst erst goned denga!"

Rasch nimmt er die Kleine hoch und drückt sie fest an sich.

„Auf koan Foi bist schuid – host mi?!"

Tränen kullern Elisabeth über die Wangen. Mit ihren schmalen Ärmchen umschlingt sie den Hals ihres Vaters und schmiegt sich richtig arg an ihn dran.

Beruhigend wiegt Lorenz sie im Arm. Auch seine älteste Tochter vergisst er nicht zu trösten. Sanft streichelt er ihre über das schulterlange, braune Haar.

„Nimmts es eich ned so zHerzn wia Muatta si vaheudn hod. Gwiss hods eich gleichfois liab, wian Buam a."

Äußerlich versucht der Vater sich vor den Kindern nichts anmerken zu lassen. Doch innerlich brodelt es gewaltig in ihm!

Aufs Höchste erstaunt und unterdessen völlig aus dem Tritt gebracht, schüttelt Lorenz unmerklich den Kopf.

Er erkennt seine Frau nicht wieder!

Ihre liebenswürdige Art den Kindern und ihm gegenüber, ist seit dem entsetzlichen Unfall komplett verloren gegangen!

Mein Gott na, was soll er denn nur tun?!

Bestimmt macht Charlotte ihn für das Unheil verantwortlich, weil er keine Rücksicht auf ihre Ängste und einfach seine Ansichten durchgesetzt hat.

Himmel Herrgott noch mal – sie kann nicht allen Ernstes ihm sämtliche Schuld an dem Unglück geben?!

Oder ist er womöglich doch schuldig – er weiß es nicht?!
Ohne Zweifel muss er morgen versuchen, mit ihr zu reden, einfach versuchen, wieder an Charlotte heranzukommen!

Vorerst entscheidet Lorenz, seine Frau für heute in Ruhe zu lassen.

Mit ihr die Nacht zusammen in der Kammer zu verbringen, Seite an Seite zu liegen und sich womöglich anzuschweigen, denn Schlaf finden sie bestimmt alle beide keinen, das bringt er nicht übers Herz.

Am besten wird es sein, er nächtigt in der Scheune und bis dahin verbringt er das Tagesende mit seinen Kindern.

Er versucht möglichst unbekümmert zu wirken, um nicht noch mehr Aufruhr bei den Mädchen zu verursachen.

Der Tisch für das Abendbrot ist schnell gerichtet.

Ein paar Scheiben Brot, etwas Käse und für die Kinder je ein Krug mit warmer Milch.

Zuvor sprechen sie gemeinsam das Tischgebet, aber nur zu dritt – und das erzeugt bei keinen von ihnen ein gutes Gefühl.

„Es Weibsn, jetzt last zes eich schmecka!“

Trotz Lorenz beruhigender, tiefer Stimme, will bei seinen Töchtern kein rechter Appetit aufkommen.

„Wos, schmeckta eich ned da Kas?“

„Doch, doch … “, antwortet Maria mit leiser Stimme.

Elisabeth unterbricht sie und fällt ihr ins Wort.

„dMuatta, di feid uns. Drum mog i a nix essn.“

„I vastä eich ja Kinda, i ko aba nix dageng doa!“

Unglücklich schauen sie ihren Vater an und ihm selbst tun sie in der Seele leid.

„Wists wos, mir raman an Disch ob und danache sing ma a weng midanand. I glab des duad uns drei guad.

Am Lorenz ist es gleichgültig, ob Charlotte den Gesang bis in die Kammer hört.

Das wäre gar nicht schlecht, dann wird ihr vielleicht klar, dass es außer ihr, noch drei andere Lebewesen im Hause gibt! Während des Singens beobachtet Lorenz eine Zeit lang die Tür, aber es tut sich nichts – kein Laut ist von seiner Frau zu hören!

Anders verhält es sich da bei den Mädchen.

Laut und kräftig sind ihre beiden Stimmen. Das ein oder andere Lied wird sogar gepfiffen, wie von kleinen Spatzen auf den Dächern.

Schließlich vergeht der Abend wie im Flug. Mir nichts, dir nichts, ist es für die Mädchen Zeit, sich aufs Ohr zu legen.

Lorenz ist es gewöhnt, seine Kinder ins Bett zu bringen.

Wenn es die Arbeit auf den Hof zulässt, lässt er sich die Gelegenheit dazu nicht entgehen.

Für ihn ist das nicht nur Weibersache. Gerne liest er ihnen aus Büchern vor oder erfindet selbst welche Geschichten.

Charlotte findet dieses Verhalten ihres Mannes bewundernswert! Nicht viele Mannsbilder, die sie aus der Gegend kennt, machen das!

Wahrscheinlich sind die alle zu blöd zum Lesen, denkt sie sich dann jedes Mal, wenn sie an der Stubentüre ihrer Kinder Lorenz Worten mitlauscht.

Als das abendliche Ritual beendet ist und sich die Mädchen die Bettdecke bis zur Kinnspitze hochziehen, gibt Lorenz ihnen zum Abschied einen Gutenachtkuss.

„Euso schlafts guad und wenn irgnd wos is, i schlof heid Nocht in da Schein."

„Mach ma Vatta und schlof du a guad", verabschieden sich Elisabeth und Maria miteinander von ihren Vater.

Die nachfolgende Nacht verbringt Lorenz mehr schlecht als recht.

Unruhig schmeißt er sich auf seinem zurechtgemachten Strohbett hin und her. Teilweise dämmert er nur vor sich hin und plötzlich reißt es ihn dann ruckartig aus seinem leichten Schlaf.

Im ersten Moment fühlt sein Kopf sich an wie ein Mühlrad, knatternd und schwer.

Als Lorenz sich aufrichtet, ist es in der Scheune stockdunkel. Nur ein wenig Mondlicht dringt durch die Ritzen der Scheunenwand.

Mit dem Handrücken wischt er sich die Schweißtropfen von der Stirn. Sein Atem geht schwer und tief.

Wie soll er bloß die restliche Nacht rumbekommen, er findet einfach keine Ruhe!

Ständig hat er die Bilder des schrecklichen Unfalls vor Augen. Das sich aufbäumende Pferd, Johanne wie er um Hilfe ruft und dann schließlich der Sturz vom Pferd.

Rücklings schmeißt er sich auf das weiche Stroh. Mit beiden Handflächen wischt er sich den beißenden Schmerz aus den Augen und rauft sich mit den Fingern die Haare.

Was für ein Albtraum das alles ist – wenn der doch bloß was dagegen tun könnte!!

Das Gedankenkarussell dreht sich unermüdlich weiter und weiter, bis Lorenz dann doch endlich vor Erschöpfung einnickt.

Es ist zwar kein erholsamer Schlaf der sich über Lorenz breitet, aber immerhin, besser als gar nichts!

Als er am nächsten Morgen die Stube betritt, sieht er nur seine beiden Mädchen in der Küche sitzen.

Die Dielenbretter knarren unter seinem Gewicht, als er mit ernster Miene an den Tisch herankommt.

„Wo isn dMuatta? Schlafds no?"

„Wir hams heint no ned gseng. Des Essn ham ma uns soiba gmacht – wuist a wos? Wir ham a da an Della scho hersteid", antwortet Maria.

Mit gefurchter Stirn setzt sich der Vater zu seinen Kindern an den Tisch.

Das hat Charlotte in der gesamten Zeit, in der sie mit Lorenz zusammen ist, noch nie gemacht.

Wegzugehen, ohne der Familie zu sagen, wohin man will, ist bei ihnen keinesfalls üblich. Nicht das die anderen Familienmitglieder neugierig wären. Nein, dieser Eindruck sollte nicht im Geringsten entstehen!

Aber die Sorge wächst, wenn unklar ist, wo der andere ist. Lorenz sonst so voller Tatendrang sprühenden, blauen Augen, sind gerötet. Er wirkt abgespannt und verschlafen.

Schweigend nehmen die drei das Essen ein.

Es herrscht eine betrübte Stimmung.

„I fah dann glei zeirem Bruada auf dGrangaschdation. Wahrscheinli is eia Muatta bei erm.

Elisabeth zweifelt in ihrem kindlichen Glauben an den Worten ihres Vaters.

„Oda si is wegglaffa und wui uns nimma seng!"

Lorenz Faust landet mit einem lautem Krachen auf der Tischplatte, aber schon so heftig, dass seine Töchter verängstigt dreinschauen.

Das die Mädchen Angst vor ihm bekommen, dass wollte Lorenz auf keinen Fall erreichen – nein, bestimmt nicht!

Aber sein Unmut über Charlottes eigenwillige Art ist für ihn unerträglich!

„D Muatta is gwiss ned davo, glab mas Elisabeth, de is beim Johannes."

Stumm starrt die Kleine auf ihr Essen, sie glaubt ihm nicht, dass sieht er ihr an.

„Bi i wida zruck bi, kümmats eich guad um an Hof!"

# Der Glücksjäger

**A**ls Lorenz beim Armenhaus ankommt, hat sich seine Gemütslage nicht sonderlich verändert.

Angespannt begibt er sich ins Haus. Vielleicht hat sich ja das Befinden von Johannes verbessert, schön wäre es!

Erwartungsvoll betritt der Vater die Krankenstation und sieht sich um.

Es herrscht reger Betrieb. Im großen Gemeinschaftskrankenzimmer sind die Betten überwiegend mit alten Menschen belegt.

Zwei Schwestern versorgen die Patienten und sie haben damit alle Hände voll zu tun. Lorenz kennt die eine von gestern. Freundlich kommt sie auf ihn zu.

„Guten Morgen!"

„Moang!"

„Ihre Frau ist schon beim Kind."

„Hob i ma fast dacht!", gibt Lorenz ihr unwirsch zur Antwort.

Ohne weiter auf die Krankenschwester zu achten, bewegt er sich in Richtung Zimmer seines Sohnes.

Viel fehlt nicht mehr und der Vater hat das Krankenzimmer auch fast schon erreicht, da öffnet sich die Türe und ein in Priestergewand gekleideter Mann mittleren Alters, verlässt den Raum.

Misstrauisch hält Lorenz in seiner Bewegung inne und betrachtet den Burschen genauer.

Besonders groß ist er nicht gewachsen. Im Vergleich zu seiner eigenen hünenhaften Figur, wirkt der Mann mit dem schwarzgelocktem Haar und dem langen Gesicht mit spitzer Nase und dunklem Vollbart, eher wie ein Zwerg. Lorenz kennt viele Leute im Ort. Ist ja auch verständlich, schließlich ist er hier aufgewachsen. Aber diesen Kerl, den kennt er nicht!

Er hat ihn hier in der Gegend noch nie vorher gesehen oder irgendwo mal getroffen!

Lorenz macht keinerlei Anstalten, den Unbekannten vorbei zulassen und mustert ihn dabei weiterhin.

Irgendetwas, er kann nicht sagen was es ist, stört ihn an diesem Fremden!

Der Mann verspürt den Argwohn und spitzt seine dünnen Lippen zu einem trügerischen Lächeln.

„Grüß Gott, mein Name ist Priester Theodor", stellt sich der Unbekannte vor.

„Grias God, i bi da Vatta vom Johannes."

Lorenz kraust die Stirn und überlegt sich, was der Geistliche wohl im Zimmer seines Buben macht, soweit wird es doch auch noch nicht sein, das das Kind einen Priester braucht?

Und prompt, als ob er Gedanken lesen könnte, erklärt der fremde Mann Lorenz auch gleich, das er es als Aufgabe sieht, die Kranken auf der Station zu besuchen und wenn möglich, mit ihnen zu beten.

„Mei Bua ko leida ned Bettn, sei Befindn lasts grod ned zua. Euso nacha – auf Wiedaschang!"

Und darauf ist das Gespräch für Lorenz beendet.

Er wendet sich von seinem Gegenüber ab und will gerade Johannes Krankenzimmer betreten, als sich der Priester erneut zu Wort meldet.

„Ja, ja – ihre Frau ist von den gestrigen Ereignissen noch

sehr mitgenommen!"

Lorenz ist sprachlos, er kann es kaum fassen – der Pfarrer weiß über den Unfall Bescheid?!

„Wirklich, sehr traurig diese Geschichte mit ihrem Sohn!"

„Wos gedn erna des o?"

Der Priester geht auf Lorenz Frage gar nicht ein, unbeirrt fährt er fort.

„Es wird für sie als Eltern schwer werden, mit dieser Last zu leben."

„Ach, wosd ned sogst!"

„Sie haben mein aufrichtiges Mitgefühl!"

„Des brach und wui i ned – host mi?!"

„Das wird ihnen gut tun, glauben sie mir! Besonders ihnen, der sie doch der Verantwortliche dieses schrecklichen Unfalls sind."

Lorenz Augen sind geweitet vor Zorn – seinen wunden Punkt - der Mann hat ihn genau getroffen!

Der Priester bemerkt natürlich sofort, was für eine Wirkung seine Worte auf den Vater haben.

„Wissen sie was, ich biete ihnen für die vor ihnen liegende, schwere Zeit, meine tatkräftige Unterstützung an!"

Mit einem gekonnten Griff packt Lorenz den Geistlichen an seinem Kragen und beutelt ihn grob hin und her.

„Hä Pfaff – i her woi ned recht?!"

Lorenz Finger greifen noch feste zu, wie wild tobt es in ihm.

„Wos redstn für an Blädsin – hä?!

Zum Glück bekommt eine der Schwestern die eigenartige Unterredung der beiden Männer mit.

Beherzt mischt sie sich ein, nicht das dem Pfarrer noch

Schlimmeres wiederfährt.

„Lorenz was tun sie den da?! Lassen sie ihn sofort los, der Mann ist ihnen doch körperlich absolut unterlegen."

„Wos mischtn du di do ei?"

„Wir sind hier auf der Krankenstation! Da hilft man den Menschen, aber geschlagen wird sich hier nicht."

Nachdem Lorenz den Priester von sich schupst, faltet dieser seine knochigen Finger ineinander und formt seinen fahlen, strichförmigen Mund zu einem hinterlistigen Lächeln.

„Ist schon gut Schwester, danke! Weiß Gott, ich kann die Bestürzung des Vaters nachfühlen!"

Lorenz ist wirklich kaum noch in der Lage sich zu beherrschen, am liebsten würde er den Pfaffen nochmals an den Hals gehen!

„An Schmarn konst! Lass mei Familie in Frien, wir brachan dei Höif ned."

„Vielleicht nicht sie, aber ihre Frau!"

Irritier weicht Lorenz einen Schritt zurück.

„Wir hatten uns vorhin angeregt unterhalten und dabei hat sie dieses Angebot jedenfalls nicht abgelehnt", erklärt Theodor mit spöttischer Miene, dreht sich abrupt um und wendet sich eilig einen anderen Patienten zu.

# Macht und Habgier

Der Priester kann das seelische Dilemma des Vaters fast schon selbst am eigenen Körper nachempfinden, so stark ist der Kummer von Lorenz!

Tief im Inneren des Geistlichen bewirkt es das Gefühl der Macht – ein für ihn erstrebenswertes Befinden, wohltuend und anregend zugleich!

Denn was sich der Kleriker vorgenommen hat, nämlich Zweifel und Unsicherheit zwischen den Eltern von Johannes zusähen, hat er ohne Mühe fertig gebracht.

Mehr ist momentan nicht zu tun, nur geduldig sein und abwarten, das ist alles!

Das steht natürlich in einem völlig entgegengesetzten Bild zu einem geweihten Amtsträger, sollte dieser doch in Sorge um das Wohlergehen seiner Gottergebenen sein.

Aber von diesen Werten ist im Herzen von Priester Theodor nichts zu sehen - könnte man in ihn hineinhorchen, würde man die Geldmünzen nur so klimpern hören.

Das ist sein Triebwerk – Macht und Habgier – hübsch zurechtgemacht und ordentlich verpackt in die standesgemäßen Verhaltensweisen eines Geistlichen.

Bei der Erfüllung seiner Amtspflichten, wie Gläubigkeit, christliches Dasein und einfacher Lebensstil, ist Theodor äußerst penibel – da steht die Fassade, wie in Marmor gemeiselt!

Den das Schauspiel – nichts anderes ist es auch, was der Priester den Leuten auftischt – und dessen exakte Dabietung, ist in Theodors geistiger Vorstellung, der Schlüssel zu höherer Existenz.

Dahin zu dümpeln als Diakon und Priester, das hat seinen Geist noch kein einziges Mal befriedigt. Die Bestellung zu den ersten beiden Weihen, war für ihn deshalb reine Pflichterfüllung.

Nur die dritte Weihstufe, die Bischofsweihe, ermöglicht einem kirchlichen Würdenträger die Menge an Sakramenten zu vereinigen – und deshalb ist sie für Theodor ein erstrebenswerter Status, weil er durch sie an die begehrte Macht kommt.

Bischof zu werden und eine Diözese zu führen – das Wort was dann die Art und Weise von Theodors Amtsausführung näher beschreiben würde, wäre zu herrschen – das ist sein Ziel.

Die pontifikalen Insignien wie, Mitra, Stab und Bischofsring – um bloß einige zu nennen – tragen zu können, das Zeichen der religiösen Würde, der Auszeichnung und vor allem der Macht für jedermann sichtbar zu machen, das wäre für Priester Theodor die Vollendung.

Es ist anzunehmen, dass der Ursprung für Theodors üble Persönlichkeit im Anfang seines Lebensweges zu finden ist.

Schon sehr jung, nach Vollendung des zweiten Lebensjahres, wurde er leider Vollwaise. Der Vater soff sich zu Tode und die Mutter verstarb an Bakterienruhr.

Theodor kam ins Kinderheim, ein Familienleben hat er nie erfahren.

Dort im Heim erging es im nicht gut. Wegen seines Zwergenwuchses, den abstehenden Ohren und der spitzen Nase, wirkte seine körperliche Erscheinung auf die anderen Kinder belustigend.

Diesen bereitete es oft riesen Spaß, Theodor zu ärgern.

Ein Reim auf seine markanten Ohren oder seiner Größe waren an der Tagesordnung.

„Mit spitzer Nase und abstehenden Ohren, wurde Theodor, der kleine Wicht, geboren!!"

Der Spott und die andauernden Hänseleien, verletzten den kleinen Jungen sehr.

Sein Gemüt und sein Wesen nahmen davon großen Schaden. Er veränderte sich!

Der Drang nach Ansehen und Stärke wütete derartig in ihm, das er sich im Laufe der Jahre Möglichkeiten suchte, um diese Bedürfnisse auch zu erlangen.

Als er die Gelegenheit bekam, die Schule zu besuchen, lernte er nicht bloß Rechnen und Schreiben, sondern gelang auch schnell zu der Erkenntnis, das Wissen zugleich Macht bedeutet.

Deshalb baute er seine Gelehrtheit immer weiter aus.

Er besuchte theologische Bildungsstätten, verschrieb sich der Zugehörigkeit zum Klerus, trug die dafür vorgeschriebene Kleidung und ließ sich sogar einen Vollbart wachsen.

Zu seinem Vorgesetzten, Bischof Roman, hat Priester Theodor eine gute Verbindung, allerdings ist diese vertrauensvolle Stellung von seitens dem Kleriker nur geheuchelt.

Bis zum Generalvikar hat er es unter der Führung von Bischof Roman gebracht.

Und diese Position, als allumfassender Vertreter des „hochwürdigsten Herrn", ermöglicht es Priester Theodor, sein spitzes Näschen in Angelegenheiten zu stecken, die anderen Klerikern, die die bischöfliche Kurie bilden, verwehrt bleiben.

Selbstverständlich ahnt, da ist sich Theodor hundertprozentig sicher, Bischof Roman von seinen Machenschaften nichts.

Am meisten Geld, verdient sich der verlogene Kleriker mit dem Ritus der Krankensalbung, dessen Durchführung seitens eines Priesters auch noch keinen Verstoß darstellt.

Aber – und jetzt kommt der faule Zauber – die Spendung des Weihsakraments an dem heiligen Oleum Infimorum, dem ehrwürdigem Krankenöl, ist nur „eurer bischöflichen Gnaden" vorbehalten.

In der Stellung als Generalvikar, ist es für Priester Theodor ein leichtes Spiel, an das heilige Öl zu kommen.

Und durch seine Wortgewandtheit, ist es für ihn noch eine größere Leichtigkeit, dem Kranken und dessen Anhang, die dienstliche Abwesenheit des Bischofs überzeugend darzustellen.

Durch seine geschickten Redewendungen, gelingt es dem Priester immer, die Betroffenen so zu manipulieren, das sie ihm unendlich dankbar sein können, das er vor Ort, extra nur für sie, die Weihe des Krankenöles vollzieht.

Es versteht sich dann durchaus von selbst, das seine hingebungsvollen Dienste üppig entlohnt werden sollten, weiß man doch nie, ob sie nicht irgendwann nochmal benötigt werden.

Ja, so läuft das Geschäft mit den Kranken!

Sind sie gesundheitlich so stark angeschlagen, das es bald mit dem letzten Atemzug eh nicht mehr weit her ist, dann bringt Theodor die Angehörigen durch seine Verschlagenheit fast immer so weit, dass sie sich auch noch die letzten Münzen aus dem Beutel ziehen lassen.

Und das ist auch seine Absicht bei den Eltern des kleinen Jungen, der gestern vom Pferd gefallen ist.

Wie kann man denn als Vater nur so unvorsichtig sein und sein Kind auf den Rücken eines Pferdes setzen, das man erst kurze Zeit in seinem Besitz hat?!

Meine Güte, der gute Mann kann doch überhaupt nicht wissen, wie sein Gaul tickt, wenn mal richtig die Post abgeht!

Aber im Grunde genommen, sind diese Gedankenflüge von Priester Theodor nichts als scheinheiliges Getue!

Er hat am Sonntagmorgen, beim Kennenlernen der Mutter des Jungen, bereits schon nach einigen Sätzen ihr großes Leid gespürt.

Sie ist durch das Unglück ihres Kindes sehr traurig und seelisch schwer belastet. Ihre Sichtweise auf den Ehemann ist nicht objektiv, sie gibt ihm die Schuld am Unfall des Kindes, das hat Theodor aus ihrer Erzählung herausgehört.

Rasch hat der hinterhältige Seelsorger, die Gelegenheit am Schopf gepackt und seine habgierigen Absichten auf den Weg gebracht.

Ein bisschen „ich verstehe ihren Mann nicht ...“ und „ich hätte da was für sie ...“ reichten aus, um sie auf seine Spur zu locken.

Wie gesagt, jetzt muss er sich nichts anderes als gedulden und in seinem weiteren Vorgehen wie immer achtsam sein, dann rollen die Münzen von selbst!

# Lotte – die innere Stimme

Aufgewühlt betritt Lorenz das Zimmer seines Sohnes.
Es ist ihm dabei unmöglich klar zu denken, etliches hat sich in seinem Kopf festgefahren und tönt ständig unermüdlich fort.
Die Äußerung des Priesters, er wäre schuld am Unglück von Johannes, sitzt ihm immer noch tief in den Knochen.
Was erlaubt sich dieser Pfaffe eigentlich und wie kommt Charlotte dazu, fremden Menschen von dieser schrecklichen Angelegenheit zu erzählen?!
Er selbst war doch der unablässige Bezugspunkt in ihrem bisherigen Leben für sie - hat sich daran was verändert?
Lorenz fasst sich mit der Hand an die Stirn – mein Gott, wie soll das bloß weitergehen?
Sein bekümmerter Blick ruht auf seinem Sohn. Rasch bemerkt der Vater, dass sich am Gesundheitszustand nichts verändert hat.
Johannes liegt immer noch in tiefer Bewusstlosigkeit.
Liebevoll streicht Lorenz über die Wangen seines Jungen, berührt dessen Arm und drückt seine kleine Hand.
Es schmerzt, ihn hier so liegen zu sehen. Sein Blick wandert zu seiner Frau, die am Fußende des Bettes sitzt.
Ihr Rücken ist leicht gebeugt, nicht so aufrecht und gerade wie sonst. Die Schultern sind eingezogen und die Hände liegen ineinander gefaltet in ihrem Schoß.
Ihr Gesicht wirkt wie in Stein gemeißelt und die Augen hat sie starr auf den Boden gerichtet.
Lorenz bemüht sich um den ersten Schritt.
„Lass uns reen midanand."

„Naa, i wui ned!"

Lorenz atmet tief durch.

„Und warum ned?! Beim Schwarzrock bringst as Mei ja a auf!"

Charlotte fühlt die Schärfe in der Stimme ihres Mannes. Sie hat ihn natürlich über die vielen Ehejahre gut kennen gelernt und kann sich deshalb vorstellen, wie es um sein Befinden steht.

Aber ihrer Meinung nach, hat er in der augenblicklichen Situation keinerlei Recht, an ihr Betragen eine Forderung zu stellen.

Es vergeht eine kleine Ewigkeit, bis sich Charlotte zum Reden entschließt. Wie ein Wasserfall bricht es aus ihr heraus.

„I bi ned mehr Herr meina Sinn, so granti bi i üba di!"

Lorenz erwidert nichts, sondern hört angestrengt zu.

„Du host weng des Pferdls ned auf mi ghert!"

„I woas jetza, das ned richtig woar."

„Und warum host des do – weist glabst du bist as Manns-buid und schaffst o?!"

Lorenz kratzt sich verlegen am Kopf - da ist bestimmt was Wahres dran.

„Aba koa Mensch konnts ahna, dass glei so a groß Unheil gschiecht!"

Lorenz verspürt den Wunsch, seiner Frau körperlich nah zu sein und sie fest in die Arme zu nehmen.

Er unternimmt den Versuch und macht einen kleinen Schritt auf sie zu. Doch Charlotte hebt abwehrend die Hände.

„Lass mi in Rua!"

Lorenz bleibt stehen. Er sieht ein, dass seine Vorgehensweise zwecklos ist – sie will tatsächlich nichts von ihm wissen.

„I mecht nur am Bett vom Buam sitzn und für erm bettn." Ihre Stimme hat nun einen weinerlichen Ton angenommen und Lorenz wird es dabei richtig schwer ums Herz.

„Und wos isn mit da Elisabeth und da Maria?"

Charlotte horcht auf.

„Wos soian sei?"

„Wuist mit erna nix mehr zschaffa hom – homs jetza koa Muatta mehr?"

Freilich ist sich Charlotte im Klaren, das die Mädchen sie genauso brauchen, wie Johannes auch. Und Gewiss bereitet es ihr Kopfzerbrechen, wie die beiden wohl zu Hause ohne die Mutter zu Recht kommen?

Aber sie kann – und sie will auch gar nicht – ihre mütterlichen Gefühle für Johannes in den Hintergrund drängen.

Sie ist felsenfest davon überzeugt, dass er sie braucht.

Sie hat da zu sein und an seinem Bett zu sitzen, bis er hoffentlich wieder die Augen aufmacht!

Den anderen dreien mag ihre Einstellung herzlos erscheinen, aber das ist der Mutter gleich – sie kann in dieser Situation nicht anders!

Völlig in sich gekehrt und zu keiner weiteren Äußerung mehr bereit, starrt Charlotte bewegungslos auf ihre Füße.

Aus diesem Grund beschließt Lorenz zugehen. Es macht keinen Sinn, weiter zu versuchen, mit seiner Frau zu reden – sie will nicht und er kann sie schließlich nicht dazu zwingen.

Schweren Herzens verlässt er leise das Zimmer.

Endlich – oh je, wenn er das hören würde!!

Charlotte weiß, das mag hart klingen, aber so empfindet sie im Augenblick für ihn.

Aber das ist jetzt egal, nun hat sie wenigstens Zeit, gründlich über das Gesprochene mit dem Priester nachzudenken.

Wie war das gleich nochmal?

Der Geistliche hätte von den Leuten gehört, dass ein kleiner Junge mit Bewusstlosigkeit am Samstag ins Armenhaus auf die Krankenstation gebracht wurde.

Aha, da sieht man mal wieder, wie im Markt rumgeredet wird!

Angeblich hat er sich Sorgen um den Buben und dessen Familie gemacht und sich deshalb gleich vorgenommen, den Kleinen am Sonntagmorgen zu besuchen.

An dem Priester fiel Charlotte auf, das er äußerst redegewandt war. Fast schon bekehrend hat er versucht, ihr klar zu machen, dass es durch sein Zutun durchaus Hoffnung auf Johannes Genesung gibt.

Sie hat es sich nicht anmerken lassen, aber an diese Möglichkeit hat sie sich sofort geklammert!

Verraten hat er ihr allerdings nicht, wie er dies zu Wege bringen möchte – das hat er offen gelassen.

Ja und dann hat er noch erwähnt, das seine Dienste freilich nicht umsonst wären – aber sehr Erfolg versprechend seien!

Als Charlotte wissen wollte, was seine Bemühungen den kosten würden, meinte er unverhohlen, sie solle doch glatt alles mitnehmen, was sie an Münzen besäße.

Zum Schluss meinte er, sie solle sich sein Angebot in aller

Ruhe durch den Kopf gehen lassen und wenn sie sich tatsächlich entschließt seine Hilfe anzunehmen, sollte sie ihn im Benefiziatenhaus aufsuchen.

Während der letzten Jahre, hat es sich Charlotte zur Gewohnheit gemacht, in heiklen Situationen auf ihre innere Stimme zu achten – und eigentlich nicht nur auf sie acht zu geben, sondern sich auch mit ihr auszutauschen!
Gelegentlich führt Charlotte richtige tiefsinnige Frauengespräche mit ihr und damit das Ganze auch Hand und Fuß hat, gab sie ihrem „Ich" schon vor langer Zeit sogar einen Teil ihres eigenen Namens – nämlich Lotte.

Und so sitzt Charlotte mit gekrauster Stirn auch heute da, horcht gespannt in sich hinein und ahnt, dass sich ihre beste Freundin bald meldet.
Lange muss sie nicht warten – denn da ist Lotte schon - immer pünktlich, wenn man sie braucht!
„Na meine Kleine – jetzt habe wir den Schlamassel! Wie oft habe ich es dir gepredigt, du sollst deinem Lorenz beibringen, das nicht nur getan wird, was der Mann sagt!"
„I wos scho Lotte, aba da is a wia stoiza Gigal."
„Nein Charlotte, du darfst dabei nicht nachgeben."
„Na, dua i ned, aba leid duada ma drozdem! Er macht si gwiss große Vorwirf wegan Buam – sei Herz hod da am richtigm Fleck, glam mas."
„Das mag schon sein. Aber er muss es sich hinter die Löffeln schreiben, dass er berechtigte Einwände deinerseits nicht ohne weiteres übergeht!"
„I hobs wirkli vastandn Lotte – her scho auf!!"

„Dann ist es ja gut, meine Liebe!"

Lotte merkt, dass Charlotte zögert und das Gespräch fortsetzten will.

„Und meine Kleine – an welcher Stelle drückt der Schuh noch?"

„I wos orfach ned, wos i vo dem Pfaffn heudn soi?"

„Also, wenn ich ehrlich sein soll – dem Burschen traue ich nicht über den Weg!"

„A weng sondaba find is scho a, das a Geistlicha si sei Sorg um as Soinheil zoin lasst."

„Das würde ich auch meinen – denn Geld und Nächsteliebe – das passt überhaupt nicht zusammen!"

„Lotte, moanst wirkli der wui mi deischn?!"

„Aber hallo Charlotte – das merkt doch jedes Kind!!"

„Wia dem a is, es is ma wurscht – hauptsach es bschdeed a Aussicht auf a Bessarung für d Gsundheit von meim Buam!"

„Glaub mir Charlott, du verrennst dich da in etwas, wo du nicht mehr so schnell herauskommst – und was meinst du, wie Lorenz toben wird, wenn er dir auf die Schliche kommt, das du euer hart verdientes Geld,  diesem Beutelschneider in den Rachen wirfst!?"

„Tja, wie stoi is o, des dicke Ledasackl voier Münzen aus am Haus zschaffa, ohne das ma da Oid wos davo midgriagt?"

„Wenn du deinen Blick nicht schärfst, bringst du deine Familie noch um ihre komplette Existenz, meine liebe Charlotte!"

„Ah geh Lotte – her endli auf, mir a schlechts Gwissn zum macha."

„So ist es nun mal – schließlich bin ich dafür da, um dir ins Gewissen zu reden."

Charlotte gibt ihre Gedanken nicht auf.

Viel zu sehr reizt sie die Vorstellung, durch die Hilfe des Priesters, Johannes körperlichen Zustand zu verbessern.

„Nach am Midagsdisch, wenns ferti san, kannt i mas guad vorstoin, das da Lorenz mid de Madln zum Johannes auf Bsuach kummt – des dad bassn, ums Göid zhoin!"

„Also kann ich dich nicht umstimmen, die Finger von dem Gauner zu lassen?!"

„Na Lotte – dies moi ned!"


Und somit nimmt die Tragödie fortab ihren Lauf.

Tatsächlich besuchen Lorenz und die Mädchen nach dem sonntäglichen Mittagsmahl den kleinen Johannes.

Als die drei das Krankenzimmer betreten, sind die zwei Kinder bitterlich enttäuscht, ihre Mutter nicht am Bett des Bruders anzutreffen.

„I glab, dMuatta hod uns nimma liab!"

„Des moan i a Elisabeth, sonst was ja do um uns ztrestn, wenn ma mir zwoa uman Bruda woanan."

Traurig stehen sich die Schwestern gegenüber und blicken auf den leeren Stuhl neben dem Bett.

Tränen der Enttäuschung kullern ihnen über ihre geröteten Wangen.

Lorenz weiß gar nicht mehr, wie er das Benehmen von Charlotte den Mädchen überhaupt noch erklären soll.

Nervös fährt er sich mit den Fingern durch die Haare.

„Vadammt no moi – de werd do woi ned zdem gspinnadn Hirschn ganga sei?!"

Maria horcht auf.

„Vatta, wen moanstn damit?"

„Ach den Pfaffn – der hod ihras Hirn vadraht, mit seim Gschwetz!"

Maria wollte schon zum Nachhacken ansetzen, aber der Vater wiegelt kopfschüttelnd ab.

„Na los mi Madl, i muas wirkli nachdenga."

Lorenz hat ein ganz schlechtes Gefühl bei der Sache.

Er steht da wie ein Häuflein Elend, traurig und der Verzweiflung nah – sein Bauchgefühl sagt ihm, dass da was nicht stimmt!

# Bedingungslose Mutterliebe

In der Tat, Charlotte sitzt wirklich in der Wohnküche des Benefiziatenhauses bei Priester Theodor!

Hat er sich doch gedacht, dass sie ihn aufsuchen wird – welche Mutter würde das unter diesen Umständen nicht tun? Und was er auch geahnt hat, das sie sich ziemlich bald darum bemühen würde.

Aber Theodor hatte Glück, dass es an diesem Tag, zu dieser Zeit, überhaupt noch zu jenem Treffen kam.

Beinahe hätte Bischof Roman ihm einen Strich durch die Rechnung gemacht.

Die Exzellenz ließ dem Priester nämlich mitteilen, dass er es wünsche, ihn am Nachmittag in der Pfarrkirche St. Peter zu treffen, um über Einzelheiten der Weihe des neuen Altars zu sprechen.

Kurzerhand musste sich Theodor eine triftige Ausrede zurechtlegen, um sich den Nachmittag für Charlottes Besuch freizuhalten.

„Bruder Konrad", Konrad gehört zur bischöflichen Kurie, ist der persönliche Bote des Bischofs und zuständig für die Überbringung von jeglichen Nachrichten, „erklären sie bitte unserem hochwürdigsten Herrn, dass ich mich körperlich nicht gut fühle und deswegen zur Besprechung nicht erscheinen werde."

„Aber Bruder Theo, sie wissen doch ..."

Weiter kam der Kleriker nicht mit seinem Einwand, denn Theodor fiel ihm sofort ruppig ins Wort.

„Wie oft soll ich es ihnen denn noch sagen, sprechen sie mich gefälligst mit meinem vollen Namen an. Ich hasse es, wenn man davon die Hälfte weg lässt!"

Und im Stillen denkt er sich noch, dass sein Kleinwuchs ihm genug zu schaffen macht, da muss er nicht noch mit halben Namen angesprochen werden.

Priester Konrad weiß natürlich insgeheim ganz genau, dass Theodors Körpermaße ihn sehr belasten, schließlich kennt er ihn schon viele Jahre.

Freunde sind sie allerdings nie geworden, dazu sind sie in ihrem Wesen viel zu unterschiedlich. Es bereitet ihn einfach Vergnügen, Bruder Theodor zu ärgern, da er weiß, dieser springt sofort darauf an.

Irgendwie hat Theodor eine sonderbare Art, die Konrad nicht sehr ansprechend findet. Was ihn daran stört, kann er allerdings nicht konkret sagen. Er spürt nur, dass mit seinem Mitbruder irgendetwas nicht stimmt.

„Ja ist schon gut, beruhigen sie sich wieder. Es wird hoffentlich nicht mehr vorkommen."

„Das haben sie sich neulich auch vorgenommen und was hat es gebracht – nichts!", knurrt Theodor sein Gegenüber an.

„Also Bruder Theodor, was ist nun der Grund ihres leiblichen Unwohlseins?"

Verlegen zupft sich dieser an seinem Ohr – was könnte er diesem neugierigen Kautz antworten, damit er seine Fragerei lässt?

„Das geht sie einen feuchten Kehricht an!"

„Ja glauben sie den, ich frag sie aus Spaß an der Freud?! Meinen sie, der Bischof gibt sich mit einem einfach daher gesagtem Unwohlsein zufrieden?!"

Tja – wird ihm wohl nichts anderes übrig bleiben, denkt

sich Theodor und grinst selbstgefällig vor sich hin.

„Sagen sie ihm, ich habe mir den Magen verdorben, mir ist speiübel und ich kann mich kaum auf den Füßen halten."

Konrad schüttelt den Kopf – das glaubt er doch wohl selber nicht!

„Warum schauen sie denn so kritisch – zweifeln sie etwa an meinen Worten Bruder Konrad?!"

„Natürlich nicht Herr Generalvikar!"

„Na, dann ist ja alles klar. Und nun machen sie, dass sie wieder weiter kommen, sie haben doch bestimmt noch andere Dinge zu erledigen?!"

Ohne auf eine Antwort zu warten, überlässt Theodor Bruder Konrad sich selbst und schmeißt ihm obendrein auch noch die Türe vor der Nase zu.


Nun, so lief das ab, mit dem Mitbruder.

Zu seinem Glück, hat Theodor diesen lästigen Fragensteller schnell wieder los bekomme, zwar auf eine recht unhöfliche Art – aber Hauptsache weg!

Gar nicht auszudenken, bis auf die Knochen hätte er sich geärgert, wenn er deswegen Johannes Mutter verpasst hätte.

Man muss einfach beizeiten an die Psyche der Leute ran, am günstigsten ist es, wenn die Angelegenheit noch ganz frisch ist. Bis die Leute mal begreifen, dass er nur an ihr Geld will – ja derweilen hat er sie ausgenommen, wie eine Weihnachtsgans!

Zur selben Zeit, als er sich Gedanken über seine hinterlistigen Taten macht, mustert er Charlotte möglichst unbemerkt und eindringlich.

Die unruhigen Bewegungen ihrer Hände, dass flackern der Augen, ihre Mimik, einfach ihre komplette Körperhaltung, spiegelt ihre innere Zerrissenheit wieder.

Wenn er es klug anfängt, so schätzt Theodor die Lage ein, lässt sich da einiges holen – na dann wollen wir mal den mütterlichen Gefühlen mal auf den Zahn fühlen.

„Liebe Charlotte, ich darf sie doch so nennen?"

Die Mutter nickt zustimmend mit dem Kopf.

„Schön! Es freut mich außerordentlich, dass sie gekommen sind und mich ersuchen, ihrem Sohn zu helfen."

„I muas orfach jede Glegnheid nudzn, dis gibd."

„Das ist wahre Mutterliebe!"

„I liab mein Buam üba ois – lassns uns endli ofanga."

„Alle Achtung, das nenne ich zielstrebig! So ein Verhalten lobe ich mir."

„Oiso, wos muas i doa?"

„In kurzen Worten – machen müssen sie gar nichts! Ihr Geld ist das entscheidende. An wie viel haben sie den gedacht auszugeben?"

Vorsichtig tastet sich der Priester an die Gemütslage der Mutter heran. Gleich mit der Türe ins Haus zu fallen, das könnte alles kaputt machen.

„Do schaungs – i hob gnua!"

Charlotte hat es wahrhaftig fertig gebracht, das Geld und sogar die Besitzurkunde von Hof und Grund, ohne dass Lorenz es mitbekommen hat, an sich zu nehmen.

Beides breitet sie sorgfältig auf dem Tisch aus. Durch den Verlust der körperlichen Gesundheit ihres geliebten Sohnes, ist sie einer starken seelischen Belastung ausgesetzt.

Sie ist sich überhaupt nicht im Klaren, dass sie durch ihr Verhalten, die ganze Familie und den Hof in existenzielle Gefahr bringt!

„Und werds reicha?"

„Sagen wir mal so – damit lässt sich schon einiges anfangen."

Mit Freuden stellt der gewissenlose und geldgierige Kleriker stillschweigend fest, wirklich fähig zu sein, auf das Handeln und Denken von Charlotte, zu seinen Gunsten einwirken zu können.

Seine Besessenheit, an hart erarbeitetes Geld und Gut anderer Leute zu kommen, macht ihn zu einem habgierigen Menschen. Sein ganzes Wesen ist durch und durch geheuchelt und  trügerisch.

„Wos bidns ma o für mei Goid?"

Theodor merkt, dass Charlotte zunehmend nervöser und ungeduldiger wird.

Auch das gehört zu seiner List - warten lassen und mürbe machen! Ihr nicht das Gefühl geben, er wäre bloß scharf auf das Geld, sondern seine außergewöhnlichen Fähigkeiten hervorheben und vor allem absolut wichtig – ihr zu zeigen, dass ohne ihn und seinen Utensilien nichts geht.

Als sich Charlotte in der Küche umsieht, entdeckt sie auf einem Serviertisch einen Stapel Spielkarten.

„Wie sie sehen, habe ich für sie die Karten gelegt – sie sagen Gutes voraus!"

„Des vasteh i aba ned?"

„Was gibt es daran nicht zu verstehen? Kartenlegen gehört auch zu meinen Spezialitäten."

„Des mog ja scho sei, aba sie konntn doch ga ned wissen,

das i zu erna kum. Warum hams dann de Kartn scho hergricht?"

Der Priester stutzt.

Eigentlich hat sie recht, denkt er sich und wirkt dabei etwas verlegen. Anscheinend hat er Charlottes Scharfsinn unterschätzt.

„Ach wissen sie meine Liebe, das Unglück ihres Sohnes hat mich sehr berührt. Schlicht gesagt, ich konnte nicht anders – ich musste wissen, was die Zeit bringt!"

Überzeugend klingt die Anmerkung von Theodor für die Mutter zwar nicht, aber ihre Besorgnis um das Wohlergehen ihres Buben, lässt den aufkommenden Zweifel sofort wieder im Keim ersticken.

Voller Ungeduld betrachtet sie Theodors Utensilien, die ordentlich nebeneinander, in einer abgegriffenen Holzkiste liegen. Mehrere Wattebäusche, eine Kerze, ein kleines Kreuz und zwei kleine Fläschchen, gefüllt mit Wasser und Öl.

„Zunächst meine Liebe, würde ich ihnen vorschlagen, wir beginnen mit der Beichte."

„Aba für wos brach i den jetza a Beichte – mei Bua brachd doch a Hoif, ned i?!"

„Hören sie Charlotte, jeder Mensch kommt mal im Leben an einen Punkt, wo es seinem Herzen gut täte, sich Gott zu öffnen und um Vergebung seiner Sünden zu bitten."

„A wos – is des bei erna a so, dad erna a Beicht guad?"

Langsam wird es Theodor mit Charlotte zu blöd.

Trifft sie doch mit dieser Frage prompt den Kern seiner Schandtaten!

„Ich darf doch wohl bitten, das geht sie überhaupt nichts

an!"

Seltsames Verhalten – warum regt er sich den gleich so auf, überlegt Charlotte, hält sich dann aber doch lieber mit einer weiteren Frage zurück.

Auch der Priester versucht, seine Gefühle wieder in den Griff zu bekommen.

Es wäre doch furchtbar schade, wenn er sich bei einem solchen vielversprechenden Geschäft, selbst im Weg stehen würde.

„Also zum Thema zurück – sie geben mir das Ledersäckchen voller Münzen und ich nehme ihnen im Gegenzug dafür die Beichte ab."

Charlotte zögert nicht lange.

Sie ist vollständig überzeugt, dadurch einen besseren Zustand von Johannes gesundheitlicher Lage zu bewirken und schiebt deshalb wirklich kurzer Hand dem Priester das Geld zu.

Na, wer sagt`s den, geht doch!

Natürlich lässt sich Theodor seine Freude nicht anmerken. Äußerlich bleibt er ruhig und gelassen.

„Nun meine Liebe, lassen sie uns anfangen."

Der Priester fordert Charlotte auf, sich erst einmal zu besinnen und in sich zu kehren.

„Zeigen sie Einsicht und Reue für ihre Taten?"

Das Beste wird es sein, wenn die Mutter gelassen bleibt, dann kommt man schneller voran – aber ein Witz ist es allemal.

„Ja wos denn für Tatn?"

Charlotte kann nicht anders, sie muss einfach nachhaken.

„Meine Liebste, das sind die allerersten Voraussetzungen

für die Vergebung ihrer Sünden, besinnen und bereuen!"
„Na guad, wenns moanan."
„Das meine ich nicht – das ist so! Daher gehen sie kurz in sich und bereuen sie und dann lassen sie uns fortfahren."
Ohne sich lange an der Bekenntnis ihrer Sünden aufzuhalten, kommt er zum letzten Teil, nämlich der Buße und Besserung.
„Betten sie zunächst drei Vaterunser und bitten sie dann Gott um Wiedergutmachung."

Nachdem Charlotte den Akt der Buße abgeschlossen hat und der Priester ihr die Sündenvergebung zuerkannte, war die erste Zahlung fällig.
„So meine Liebe, nun lassen sie mich mal in das Ledersäckchen sehen – bin gespannt, wie viel Münzen sich darin befinden? Bitte machen sie den Beutel auf."
Bedachtsam öffnet Charlotte den Knoten des Lederbändchens.
Sie hat ein schlechtes Gewissen und fühlt sich keineswegs wohl dabei, die hart verdienten Groschen von ihrem Mann einfach für eine windige Beichte – Gott verzeih ihr bitte diese Worte – auszugeben.
Aber was bleibt ihr den anderes übrig? Den Teil, den sie zu dem Gesparten dazu beigetragen hat, reicht doch allemal nicht aus, um diesen Raffzahn von Priester zufrieden zu stellen!
Theodors feines Gespür, nimmt Charlottes Zögern sofort wahr.
Unverzüglich stellt er sich neben sie und hält ihr nicht nur eine, sondern gleich beide Hände zum entgegenneh-

men des Geldes hin.

Mit leidendem Blick sieht Charlotte zu ihm auf.

„Mei Mo derf fei ni mois davo afahn, hams mi vastandn?"

„Selbstverständlich, meine gute Frau!"

Und in Gedanken stellt er sich die Frage, ob sie ihn womöglich für lebensmüde hält?

Glaubt sie vielleicht, er ist so dämlich und sägt an dem Ast, auf dem er sitzt? – niemals dürfen seine Schandtaten ans Licht kommen!

Vereinzelt gibt es Tage, an denen sich Theodor wahrhaftig für sein Verhalten an den Mitmenschen schämt, eigentlich sind es Leute, die Trost und Zuspruch bräuchten. Aber was macht er? Anstatt sich ihnen gegenüber fürsorglich zu verhalten, nutzt er ihre Gutgläubigkeit aus und bringt sie um ihr ganzes Geld.

Liebend gerne würde er sich an manchen Tagen einer Beichte unterziehen – sich besinnen, zu bereuen, sich bekennen, Buße zu tun und sich zu bessern – er würde sich wie neu geboren fühlen!

Stattdessen ist er gefangen in einem besitzgierigen und betrügerischen Geistesleben. Er kann sich keinem Menschen gegenüber öffnen, ohne Gefahr zu laufen, sich selber und damit sein Leben zu vernichten!

Wie gesagt, an manchen Tagen, aber wirklich nur an vereinzelten, tut er sich selber ein bisschen Leid!

Aber jetzt ist genug mit der Gefühlsduselei, zurück zum Geschäft!

„Nun machen sie schon meine Liebe, her mit den Moneten!"

„Ja, is scho guad – do ham ses."

Kaum hat Charlotte das Säckchen in Theodors knochige Hände entleert, dreht sich dieser eilig um und füllt die Münzen hastig in eine an der Wand stehenden Truhe. Charlotte hört wie die Münzen klimpern, so als ob Geld auf Geld fallen würde.

Gespannt beobachtet sie den Priester bei seinem Tun und als dieser ihr Interesse bemerkt, klappt er schnell den Deckel des Kastens zu und verschließt ihn wieder.

Er glaubt zwar, es nicht nötig zu haben, anderen Leuten sein Habe – eigentlich müsste er Beute dazu sagen – zu erklären, aber Charlottes irritierter Blick drängt ihn dazu.

„Keine Sorge, ich habe niemanden bestohlen!"

„Aha – des hod a koana gsogt."

„Wissen sie, durch meinen einfachen Lebenswandel und meine ausgeprägte Bescheidenheit, hat sich über die letzten Jahre einiges an Geld angesammelt."

„I hob ma imma dacht, Priesta hom koa eignes Goid, zu mindest ned so voi?"

„Ich habe mir in letzter Zeit eh schon Gedanken gemacht, wem ich mit dem Geld Gutes tun könnte. Am besten, ich lasse es der Gemeinde zukommen", meint Theodor verlogen und im Stillen denkt er sich – blöd werde ich sein!

Lotte, Charlottes innere Stimme, will unbedingt zu Wort kommen. Sie kann einfach dieses durchtriebene Gehabe von dem Priester nicht mehr länger ertragen.

„Hallo ... hallo Charlotte, hörst du mich?"

„Oh mei Lotte, di ko i aba jetza ned bracha."

„Das sehe ich aber anders!

„Wos wuistn?"

„Merkst du eigentlich nicht, das dieser Halunke nur dein Geld will?!"

„Füan Buam dua i ois, gsund muas a wieda wern!"

„Das einzige was dieser Mann kann ist betrügen, glaube mir."

„Lotte schleich di orfach, i hob zum doa!"

„Nein meine Liebe ..."

„Doch hob i gsogt!"

Charlotte sieht, wie der Priester eines der beiden Fläschchen aus seiner Holzkiste nimmt und schon ist das ungute Gewissen wieder weg und vergessen.

„Schauen sie doch mal, was ich da für sie habe!"

Mit übertriebener Vorsicht, legt der Priester die kleine Flasche in die Hände der Mutter.

„Wos isn do drina?"

„Ein kostbares Öl."

„Und für wos is des?"

„Zur Salbung von kranken Menschen, genannt Oleum Infirmorum. Es gehört zu den heiligen drei Ölen und ist sehr schwer zu beschaffen", lügt der Geistliche, ohne mit der Wimper zu zucken, der Mutter ins Gesicht.

Es ist zwar ein gottbegnadetes Öl, aber dass es schwierig zu besorgen ist, das hat der Priester erfunden.

Aber bei dieser einen Lüge bleibt es nicht!

Tatsächlich erfindet er eine weitere Unwahrheit.

„Meine liebe Charlotte, ich erzähle ihnen sogleich etwas, das müssen sie aber unbedingt für sich behalten."

„Freili dua i des!"

„Ich kann mich also auf ihre Verschwiegenheit vollkommen verlassen?"

„Ja, sog i doch!"

Theodor hört aber immer noch nicht auf, die Mutter mit seinem Geflunker neugierig zu machen.

Er tut so, als wäre er hin und her gerissen, zwischen Risiko und Nächstenliebe.

„Gut, ich sage es ihnen – weil sie es sind, meine Liebe."

Er nimmt Charlotte das Fläschchen wieder ab und reckt es mit gestreckten Armen andächtig in die Luft.

Sorgsam wählt er seine folgenden Worte, schließlich sollen sie auch einen besonderen Eindruck hinterlassen.

„Dieses Öl habe ich persönlich geweiht!"

Bewegt und ergriffen lauscht Charlotte seinen Worten, völlig ahnungslos, dass es sich dabei nur um eine Schwindelei handelt – wobei das Wort Schwindel eine reine Verharmlosung ist.

Eher gleicht Theodors Verhalten einem Erdbeben!

Die Spendung des Weihsakramentes liegt nicht in der Ermächtigung des Priesteramtes. Beispielsweise die Weihe der heiligen Öle, ist allein dem Bischof vorbehalten.

Es wäre Theodors Untergang, wenn Bischof Roman jemals davon erfahren würde!

„Durch meine Begabung, heilsam auf den Gesundheitszustand von kranken Menschen einzuwirken, erlangt dieses Krankenöl fast schon einen unschätzbaren Wert!"

Ein kurzer Blick auf Charlotte und er nimmt wahr, dass der Köder geschluckt wurde.

„I hob bloß no den Fetzn do! "

Verärgert darüber, nichts anderes mehr zu besitzen als die Urkunde von ihrem Hof und Grund und folge dessen das Krankenöl für ihren Sohn aus Kostengründen nicht erwerben zu können,  schiebt sie dem Priester das Stück Papier leichtfertig über den Tisch.

„Ein bisschen leid tun sie mir schon meine Liebe – alles zu geben und dann reicht es immer noch nicht!"

„Horst des, das ma des Grangaöl ned gem?"

Der Priester überlegt.

Er kann es kaum glauben, dass es ihm tatsächlich gelungen ist, so einfach an das Vermögen anderer Leute zu kommen.

Das er allerdings Charlotte und ihre Familie dadurch um ihre Existenz bringt, ist ihm gleichgültig.

## Zum richtigen Augenblick

Lorenz Misstrauen gegenüber dem Priester ist also doch begründet!

Seine Zweifel an Theodors guten Absichten entstanden keineswegs durch verletzte Vatergefühle oder durch die Zurückweisung seiner Frau – nein auf keinen Fall!

Es war einfach sein Instinkt, der sagte, pass auf, an dem Burschen ist was faul! Als er seine liebe Gemahlin am Bett seines Sohnes nicht antraf, klingelten sofort sämtliche Glocken.

Lorenz kennt Charlotte, er weiß wie sehr sie Johannes liebt und das sie alles Erdenkliche für ihn tun würde, damit es ihm gut ging.

Wo sollte denn seine Frau sonst sein, wenn nicht am Bett von Johannes? Dann mit Sicherheit doch dort, wo sie fest glaubt, etwas für seine Genesung tun oder erreichen zu können – nämlich bei Priester Theodor!

Lorenz macht sich daher auf den Weg zum Benefiziatenhaus.

Zu seiner rechtmäßigen Unterstützung, bittet er den Gemeinderatvorsteher um Hilfe. Als dieser von Lorenz Befürchtung hört, ein Priester missbrauche dem Anschein nach sein Amt, ist er ohne weiteres bereit, dazu beizutragen, die Begebenheiten zu klären.

Als sie am Wohnhaus des Klerikers ankommen, haben sie Glück. Was für ein Zufall! Das Küchenfenster ist nur angelehnt und Charlotte sitzt mit dem Rücken davor.

Beim Anblick seiner Frau, beginnt Lorenz Herz zu pochen und sein Atem geht schneller.

Der Vorsteher legt ihm beruhigend die Hand auf seinen Arm und verfällt in einen Flüsterton.

„Sie müssen jetzt ruhig bleiben, bitte Lorenz, reißen sie sich zusammen!"

„Am liabstn dad i dem Pfaffn orne aufs Maul haun!"

„Mein Gott, ja nicht! Das Beste wird es sein, wir belauschen die beiden, vielleicht können wir dem Priester einen Strick daraus drehen."

„Freili, sie hom scho recht!"

Weder der Seelsorger, noch Charlotte merken, dass sie belauscht werden und somit geht das Schmierentheater von Priester Theodor munter weiter.

Je mehr die beiden Männer davon mitbekommen, desto tiefer fällt der Geistliche. Es wird schwer für ihn werden, da noch seinen Kopf aus der Schlinge zu ziehen!

Nach einer Weile wird es Lorenz zu bunt.

Als er das Schriftstück erkennt und begreift, um was es da letztendlich in der Stube geht, nämlich um sein ganzes Hab und Gut, kann er sich kaum noch beherrschen.

„Na, glabst mas endli? Jetza host das a soiba gseng und a ghert, das diesa Priesta seins Amts übahaupt ned würdig is", flüstert Lorenz dem Vorsteher aufgeregt zu.

„Oh je, was für eine unglaubliche Schmählichkeit für die Gemeinde und vor allem für die Kirche!"

Dem Vorsteher ist klar, da gibt es nur eine Möglichkeit.

„Ich muss auf schnellstem Wege Bischof Roman informieren."

„Ja gnau, des doans!"

Der Gemeinderatsvorsteher ist echt sauer, dass ist nicht zu überhören.

„Jetzt hohlen sie ihre Frau aus dem Haus und schauen sie, dass ihre beide wieder zu eurem Jungen kommt!"

Die amtliche Erlaubnis, das Haus unaufgefordert betreten zu dürfen, lässt sich Lorenz nicht zweimal geben.

Der Vorsteher hält Lorenz am Arm zurück.

„Ich sagte holen, nicht stürmen! Haben sie mich verstanden?"

„Gwiss hob i des und jetza lassns mi los, i hob zum doa!"

Lorenz poltert durch die unverschlossene Haustür in die Küche. Durch seine Größe hat er zu tun, sich nicht dabei den Kopf am Türrahmen zu stoßen.

Mit seinen riesigen Händen packt er den entsetzten Priester an seinen schmalen Schultern und schleudert ihn dabei auf den Stuhl.

„Hilfe, lassen sie mich sofort los!"

Theodors Stimme ist die Furcht deutlich anzumerken, er versucht zu flüchten.

„Hocka bleibst, du Lackl!"

Lorenz drückt Theodor mit samt dem Stuhl gegen die Wand.

„Moralisch gseng, werd d Habgier obglehnt. Und in unsam Glaum werst gstraft und a Todsind is obmdrei!"

„Was den für eine Sünde?"

Mit aufgesetzter Verwunderung wendet er sich scheinheilig an Charlotte.

„Sagen sie doch auch was, meine Liebe! Ich habe sie doch zur Beichte aufgefordert, oder etwa nicht?"

„Du valogna Lump, hoid endli dei Mei sonst vagiss i mi!"

Bedrohlich nahe beugt sich Lorenz zu dem Pfaffen herunter.

„Auf di ward da Bischof mid da Ordnungsmacht. De wern woi wissen, wos mid so am wi di ofangan."

Wohl wissend, dass Lorenz nicht Unrecht hat, zieht Theodor seine Stirn in tiefe Falten. In seinen Augen spiegelt sich blankes Entsetzen.

„Ha! Jetza schagst wie a Schweibe wenns blitzt!"

„Unsinn! Glauben sie mir – ich kann das alles erklären."

Mein Gott, als Lorenz dem Priester schließlich in seine verlogenen Augen schaut, würde er ihm am liebsten einige handfeste Backpfeifen hinter seine abstehenden Lauscher geben.

„An dn Pranga soinst die stoin und mid Dreck bschmeissn – des hädast vadind!"

Wütend rollt Lorenz die Besitzurkunde zusammen. Dabei fällt ihm das leere Ledersäckchen ins Auge.

Er schaut zu Charlotte, die scheinbar keine Worte findet.

„Weibe, wo is unsa Goid?"

„Mei Lorenz, des woid i ned …"

„Las grod guad sei, wir ren drausn. Sog ma liaba wo da Gauna unsre Münzn hi do hod?"

Charlotte deutet mit dem Finger Richtung Truhe.

Lorenz dreht den Schlüssel um und öffnet sie – er traut seinen Augen nicht!

Die Truhe ist randvoll mit Münzen, Schmuck und anderen wertvollen Gegenständen.

„Du Gauna, des kumt di deia!"

Lorenz füllt die oben liegenden Münzen in seinen Beutel und verschließt anschließend die Truhe wieder.

Den Schlüssel zieht er allerdings ab und nimmt ihn mit dem Haustürschlüssel, der auf dem Tisch liegt, an sich.

Unterdessen er die Schlüssel tief in seine Hosentasche verstaut, sieht er sich suchend um. Über dem Ofen ist eine Schnur gespannt, wahrscheinlich zum trocknen für Tücher oder Wäschestücke.

Lorenz erfasst sie, reißt sie ab und verschnürt damit dem Priester die Hände an der Rückenlehne des Stuhls.

„Damidst deina grechtn Straf ned davo kumst!"

Theodor zuckt unter der groben Behandlung von Lorenz zusammen.

„Au – Grobian!"

„Sei stad, sonst grigst doch no orne aufs Maul!"

Charlotte ist entsetzt.

„Sprich ned so Lorenz. Er is imma hin no a Geistlicha."

„Na Charlotte, würdign brachst den nimma, glam mas!"

Lorenz schnappt sich daraufhin den Arm seiner Frau und verlässt mit ihr schnellen Schrittes das Haus. Dabei zieht er die Eingangstüre krachend ins Schloss und verschließt sie von außen.

# Der Anfang vom Ende

**A**uf dem Rückweg vom Priesterhaus, kam der Gemeinderatsvorsteher an der Pfarrkirche St. Peter vorbei. Nachdenklich geht er des Weges, er wirkt schon beinahe geistesabwesend, so versunken ist er in seine Gedanken! Was wird das niederträchtige Verhalten dieses Priesters wohl für Folgen nach sich ziehen, kreist immer wieder durch seinen Kopf.

Zu Anfang bemerkt er den Menschenauflauf vor der Kirche gar nicht, bis Therese, die Schriftführerin, auf ihn zueilt.

„Herr Vorsteher, da sind sie ja!"

Völlig aus seinen Gedanken gerissen, horcht dieser auf.

„Was ist los Therese, was tun den die vielen Leute da?"

„Das ist der Grund, warum ich sie überall gesucht habe."

„Habe ich einen wichtigen Termin vergessen?"

„Tja, das kann man wohl sagen! Sie hatten doch für heute Nachmittag eine Besprechung mit Bischof Roman vereinbart, wegen der Altarsweihe."

„Oh je, wie konnte ich das nur vergessen? Ist er jetzt sehr verärgert Therese?"

„Na ja, sagen wir es mal so – erst kann sein Generalvikar nicht kommen und dann auch noch sie!"

„Therese, momentan können sie das freilich nicht verstehen, aber genau bei diesem Mann, den Herrn Generalvikar, schließt sich der Kreis."

„Das verstehe ich nun wirklich nicht! Aber das ist ja auch nicht so wichtig – kommen sie Herr Vorsteher, Bischof Roman ist noch da."

Dicht gedrängt bahnen sich die zwei einen Weg durch die Menschenmenge. Bischof Roman ist ein gern gesehener Gast und dementsprechend ist auch die Anzahl der Leute in der Kirche.

Endlich schaffen es Therese und der Vorsteher, bis zum Chor, dem Altarraum der Kirche, vorzudringen.

Bischof Roman, der von etlichen Mitgliedern seiner Kurie und von allerhand Ordnungshütern umringt ist, ist dank seiner Größe und seines markanten, weißgrauen Vollbartes nicht zu übersehen.

„Euer Bischöfliche Gnaden!"

Der Gemeinderatsvorsteher macht eine leichte Verbeugung.

„Entschuldigen sie die Verspätung …"

„Also von einer Verspätung kann man nicht mehr sprechen, mein geschätzter Herr Gemeinderatsvorsteher – sie sind fast zwei Stunden über die Zeit!"

„Es ist mir durchaus bewusst Exzellenz, dass sie ihre Zeit nicht auf dem Misthaufen gefunden haben!"

Kaum hat der Vorsteher diesen Vergleich ausgesprochen, hat er auch schon Thereses spitzen Finger im Kreuz.

„Herr Vorsteher", zischt sie, „das können sie doch nicht sagen!"

„Lassen sie es gut sein mein Fräulein", beschwichtigt sie der Bischof und ist sogar über die Ausdrucksweise des Bürgermeisters ein wenig amüsiert.

„Stimmt ja auch! Auf dem Misthaufen verbringe ich keinen Moment und somit werde ich dort meine Zeit auch nicht finden."

„Es tut mir leid Exzellenz, wenn ich mich etwas unglücklich ausgedrückt habe."

„Ach wissen sie, ich liebe solche Wortspiele – Zeit finden oder Zeit nehmen – welcher Ausdruck mag wohl stimmen?"

Dem Bürgermeister fällt die Entscheidung nicht schwer.

„Es ist ganz klar, meine Exzellenz – sie müssen sich nun Zeit nehmen!"

„Ach so! Und für was bitte schön?"

„Es ist was Schlimmes geschehen – ein Umstand, der ihre und unser aller Aufmerksamkeit benötigt."

Der Bischof horcht auf.

Die Leichtigkeit des Gespräches ist verloren gegangen, das ist deutlich zu spüren.

Schwungvoll hebt der Bischof seinen Arm und betont damit zusätzlich seine Worte.

„Bitte erzählen sie, Herr Gemeinderatvorsteher."

„Ich weiß gar nicht, mit was ich zuerst beginnen soll?"

Der Bürgermeister kraust die Stirn und reibt sich nachdenklich das Kinn.

„Am besten ist es, sie berichten von Anfang an, da kann ich ihnen wahrscheinliche am ehesten folgen."

Und somit nimmt Priester Theodors Verderben seinen Lauf.

Der Bürgermeister erwähnt zuerst Lorenz mit seiner Familie. Er schildert in kurzen Sätzen den Unfall vom kleinen Johannes und wie angespannt das erste Zusammentreffen zwischen Theodor und Lorenz abgelaufen ist.

Bischof Roman horcht sicherlich dem Bürgermeister aufmerksam zu, aber er kann keinen Grund finden, was diese Angelegenheit ihn angehen sollte.

„Wahrhaftig – die Geschichte mit dem kleinen Jungen ist schlimm! Aber was soll daran verwerflich sein, wenn der Priester mit der Mutter Kontakt aufnimmt?"

Der Gemeinderatsvorsteher winkt ab.

„Ja, ja ich weiß! Natürlich ist das Verhalten von Priester Theodor bis dahin noch kein Vergehen! Darum haben sie noch etwas Geduld und hören sich die Geschichte weiter an."

„Na gut, das werde ich tun! Wenn es schon um einen Diener Gottes geht, ist es schließlich meine Pflicht."

Erleichtert, das er weiterhin gehör bei Bischof Roman findet, fährt der Gemeinderatsvorsteher mit seiner Schilderung fort.

Als nächstes teilt er ihm die Zweifel von Lorenz am Priester mit und wie er selbst von Lorenz gebeten wurde, ihn zu Theodors Haus zu begleiten.

„Ich habe es persönlich gehört und gesehen, wie der liebe Generalvikar, sich seine seelsorgerischen Dienste bezahlen ließ!"

Als der Bischof das hört, richtet er sich auf seinem Stuhl, den er sich zwischenzeitlich heranschieben ließ, kerzengrade auf.

„Das ist eine schwere Behauptung, die sie da aussprechen Herr Gemeinderatsvorsteher!"

„Euer bischöfliche Gnaden, es tut mir leid! Ich war dergleichen entsetzt wie sie und ich bin froh, der Aufforderung von Lorenz, ihn zu begleiten, gefolgt zu sein. Nie und nimmer hätte ich ihm Glauben geschenkt, wenn ich es nicht selbst erlebt hätte!"

Bischof Roman kennt den Bürgermeister doch schon eine ganze Weile und weiß deshalb all zugut, das er solche Anschuldigungen niemals erfinden würde.

Andererseits hat er auch angenommen, Priester Theodor vertrauen zu können.

Er hat dem Priester ein derartiges Vertrauen geschenkt, das er ihn zum Generalvikar, seinem dauerndem Vertreter machte!

Mittlerweile ist es in der Kirche sehr leise geworden. Ein solch immenser Vorwurf, gegen einen von ihnen sozusagen, lässt die anderen Mitglieder der bischöflichen Kurie gewiss nicht kalt!

Es herrscht nun schweigen, absolute Ruhe! Alle Augen sind auf den Bischof gerichtet.

Dessen von Haus aus sehr schmale Lippen, sind gegenwärtig nur noch ein Strich vor Aufregung.

Dessen ungeachtet, versucht Bischof Roman äußerlich ruhig zu wirken.

„Herr Bürgermeister, ich danke ihnen für ihre Informationen. Selbstverständlich werde ich dieser Angelegenheit genauestens nachgehen."

„Nichts anderes habe ich angenommen, Exzellenz!"

„Die Altarsweihe muss leider warten. Für mich steht nun die Klärung dieser himmelschreienden Sache  im Vordergrund."

Der Bischof erhebt sich von seinem Stuhl und macht sich auf den Weg, die Kirche zu verlassen.

Beim Vorbeigehen am Bürgermeister, flüstert er diesem noch etwas ins Ohr.

„Es wäre durchaus möglich, dass Priester Theodor weitere Dinge tat."

„Was genau meinen sie damit Exzellenz?"

„Etwas, was seine Kompetenzen weit überschreiten lässt."

„Und wenn das der Fall ist, was dann?"

„Dann Gnade ihm Gott!!"

„Oh je!"

„Übrigens – wo steckt der Generalvikar überhaupt?"

„Wie ich den Lorenz kenne, wird er es dem Priester nicht mehr ermöglicht haben, das Benefiziatenhaus zu verlassen."

„Gut, dann lassen sie ihn von ein paar Mann abholen und sperren ihn einstweilen hinter Gitter. Sie hören dann von mir Herr Gemeinderatsvorsteher, auf Wiedersehen!"

Der Bürgermeister verneigt sich zum Gruß.

„Euer bischöfliche Gnaden, auf Wiedersehen!"

# Freud und Leid

Nachdem Lorenz die Klinke runterdrückte und sich vergewissert hat, das die Eingangstür zum Benefiziatenhaus ordnungsgemäß verschlossen ist, umschlingt er mit seinem kräftigen Arm Charlottes Schulter und schiebt sie abseits des Weges.

Sie wirken alle beide noch etwas mitgenommen, von den gerade erlebten Ereignissen im Haus.

Tief Luft holend, versucht Lorenz die richtigen Worte zu finden.

„Charlotte mei liabs Spozl, lass uns hoid gmeinschaftli zu unsam Buam geh.“

Bittend schaut Lorenz seiner Frau in die Augen.

„Und unsre zwoa Madln, wo sanan de?“

Lorenz lächelt Charlotte an. Das von ihr wiedergewonnene Interesse an den Mädchen, ist ein erster Schritt in die richtige Richtung.

„Elisabeth und Maria san scho dordn.“

Sachte liebkost er ihre glatten Wangen und streift eine Strähne ihres braunen Haares, sanft hinter ihre kleinen, anliegenden Ohren.

„Du glaabst ja ned, wos gscheng is Spozl!“

„Wosn a?“

Dicht an Charlotte gedrängt, küsst er abwechseld die Innenseiten ihrer Handflächen.

„Jetza sog scho Lorenz, wos isn gscheng?“

„Da Bua hod am Nachmidog d Aung a weng aufgmacht.“

„Mei bi i froh!“

Charlottes Herz pocht noch schneller als es eh schon tut.

„De Madln ham erm mid orna Voglfeda an de Fiaß kizlt", erzählt er eifrig weiter.

Lorenz beobachtet seine Frau genauestens.

Als Charlotte diese Nachricht vernimmt, macht ihr Herz vor Freude einen Sprung!

Er kann die Veränderung ihres Gemüts regelrecht fühlen, er spürt, wie ehrliche Hoffnung in ihr aufkeimt und sich in ihr ausbreitet.

Das ist sicher eine gute Voraussetzung für Lorenz Glaube an die Zukunft, in der die Liebe, das Glück und die Gesundheit durchaus die größten Rollen spielen.

Charlotte lässt sich in ihrem weiteren Wirken lange Zeit.

Das erschöpfende Empfinden ihres Geistes weicht endlich einem erfrischenden und klaren Lebensgefühl.

Das wirkt sich auch auf Lottes Einfluss besser aus.

„Na meine Gute, dass war eine steinige Wanderschaft."

„Des is wahr!"

„Ich sag dir, gegen wahre Muttergefühle ist vieles machtlos!"

„I mua scho zua gem, a bissl deppad wa i a!"

„Du sagst es meine Liebe! Und jetzt ab zu eurem Jungen und vergiss eins nicht, dich bei Lorenz zu entschuldigen!"

„Muas des wirkli sei?"

„Und ob das sein muss!!"

Charlotte schaut Lorenz fest in die Augen und spricht mit leiser Stimme nur ein Wort zu ihm.

„Schuidigung!"

„Is scho guad Spozl, aba jetza kum, wir miassn los!"

Der geistliche Würdenträger Bischof Roman, ist währendessen auf dem Rückweg zu seinem Bischofsitz.

Unaufhörlich kreisen seine Gedanken immer wieder um dieselben Fragen – hat die Kirche womöglich Schaden genommen?

Was muss Priester Theodor veranlasst haben, sich derart niederträchtig zu verhalten?

Menschenskind – er hat diesem Betrüger vertraut!!

Wenn er sich zurück erinnert, wie er damals beinahe mit Erzbischof Stephanus aneinander geraten wäre, weil er Priester Theodor als Generalvikar wollte, aber Erzbischof Stephanus Priester Konrad für den besseren Mann in diesem Amt hielt – oh Gott und jetzt dieses Desaster!

Es bleibt ihm schon nichts anderes übrig, als sich diesen fatalen Fehler einzugestehen und am besten so schnell als möglich Erzbischof Stephanus über dieses anrüchige Geschehen zu informieren.

Da es Stephanus Aufgabe ist, Sorge zu tragen, dass der Glaube an Gott und die religiösen Regelungen eingehalten werden, wäre es natürlich eine Mangelhaftigkeit, dem Erzbischof diese Angelegenheit vorzuenthalten.

Endlich ist Bischof Roman an seinem Amtssitz angekommen.

Er kann es kaum erwarten, Priester Konrad zu rufen, um ihn mit der Überbringung der Nachricht an den Erzbischof zu beauftragen.

Als der Priester das Arbeitszimmer des Bischofs betritt, ist dieser soeben mit dem verfassen des Berichts fertig geworden. Aufmerksam beobachtet er, wie der hochwürdigste Herr das Papier faltet und die Ecken mit warmen Wachs und dem Bischofssiegel versieht.

Mit ernstem Gesicht schaut Bischof Roman vom Sekretär auf.

„Es ist erfreulich, dass sie so schnell kommen konnten, Priester Konrad."

„Aber Exzellenz, ich bitte sie, das versteht sich doch von selbst!"

Der Bischof wirkt kritisch.

„Was versteht sich von selbst? Das meine Anweisungen befolgt werden und das in meiner Diözese Gehorsam waltet?"

„Ja selbstverständlich Exzellenz!"

Der Bischof schnaubt verächtlich durch die Nase.

„Sind sie sich da mal nicht so sicher Priester Konrad! Das ist bestimmt nicht immer so!"

„Ich verstehe nicht, was sie meinen?"

„Das müssen sie auch nicht mein Lieber!"

Der Bischof erhebt sich vom schweren Lederstuhl, nimmt das versiegelte Papier vom Tisch und geht damit auf Priester Konrad zu. Dabei betrachtet er ihn eindringlich von oben bis unten.

„Ist etwas an mir nicht in Ordnung Exzellenz?"

Priester Konrad ist verunsichert.

„Nein, nein, alles bestens. Ich habe mich nur gefragt, was der Grund an einem Menschen ist, dass man ihn vertraut. Sind es die Augen, die Stimme oder was sonst?"

Priester Konrad hat das Gespräch zwischen dem Bürgermeister und dem Bischof in der Kirche natürlich mitbekommen.

Durchaus kann er Bischof Roman verstehen, wenn dieser seinen Angestellten keinerlei Vertrauen mehr entgegen bringt und in Zukunft alles hinterfragt.

Auf Priester Konrads Bauchgefühl ist jedenfalls verlass! Er hatte öfters ein komisches Gefühl, wenn er mit Priester Theodor zusammen arbeiten musste.

„Exzellenz, warum haben sie mich rufen lassen?"

Das Gedankenkarussell im bischöflichen Haupte, machte sich wieder selbständig!

„Ach so ja! Ich wollte sie bitten, diese geschriebenen Zeilen, schnell und zuverlässig an Erzbischof Stephanus zu überbringen."

„Wird gemacht Exszellenz!"

„Und sagen sie ihm, die vorherrschende Situation lässt keine zeitliche Verzögerung zu. Am besten wäre, er käme gleich morgen, hier zu mir auf den Bischofssitz."


Als Priester Konrad gegangen war, überlegt Bischof Roman, ob er Priester Theodor bringen lassen soll?

Aber alles in ihm sträubt sich dagegen!

Einen solch hinterhältigen Menschen, der sein Vertrauen und vor allem das von Hilfsbedürftigen, auf das äußerste missbraucht hatte, will er nicht in seiner Nähe haben.

Besser wird wohl sein, wenn er sich in seine persönlichen Gemächer zurückzieht und versucht, ein bisschen Ruhe zu finden, dieser aufreibende Tag, erschöpfte ihn restlos!

Er beschließt, sich noch eine Kleinigkeit zu Essen und zu Trinken in sein Schlafgemach bringen zu lassen.

Zwei Becher Wein, die konnten ruhig sein!

Eins, um sich zu entspannen und das zweite, in der Hoffnung, besser schlafen zu können.

# Liebe, Hoffnung und Beharrlichkeit

Als Lorenz gemeinsam mit seiner Frau das Armenhaus erreicht, ist es bereits dunkel.

Um ein wenig vom strengen Fußmarsch zu verschnaufen, lassen sich die zwei auf einer vor dem Haus stehenden Holzbank nieder. Das Licht, das durch die Fenster der Krankenstation scheint, taucht den Platz vor dem Gebäude in ein angenehmes Licht.

Lorenz kann das Gesicht von Charlotte gut erkennen. Am liebsten würde er es zärtlich in seine großen Hände nehmen und mit zahlreichen Küssen bedecken.

Aber er weiß, dass er vorsichtig mit ihr umgehen muss und nichts überstürzen darf. Sicher sitzt ihr die Sorge um Johannes Wohlbefinden noch tief im Nacken und diese Hürde müssen sie beide erstmal zusammen aus dem Weg räumen.

Ungeahnt legt Charlotte plötzlich eine Hand auf Lorenz Schulter und streicht ihm sanft über den Hals.

Das löst natürlich bei ihm ein angenehmes Gefühl aus. Instinktiv rückt er etwas dichter an seine Frau heran und legt dabei seinen Arm um ihre Hüften.

„I ko da goa ned song, wia glikli i bi, mid dir do sitzn zum kenna. I hob echd gfircht, di valoan z hom!"

„Gla ma Lorenz, so schnei geh i da ned valoan."

Sanft haucht Charlotte ihrem Mann einen Kuss auf die Lippen und drängt sich dabei dicht an seine breite Brust.

Überglücklich, seine Frau wieder spüren zu dürfen, erwidert Lorenz ihren Kuss fest und lange.

Aber trotz dieses Glücksgefühls, verspürt er etwas in sich,

das ihn zum Aufbruch drängt.

Es ist nicht schwer zu erraten, was ihn treibt! Er ist mit Leib und Seele ein Familienmensch und das Befinden seiner Kinder geht ihm über alles.

„Kum Charlotte, gehma aufe zua de Kinda."

Sachte schiebt er seine Frau ein Stückchen von sich und sieht dabei scharf in ihre braunen Augen. Er bemerkt ihr Zögern und hat Angst, dass sie einen Rückzieher macht.

„Wos is los Spozl?"

„I hob Angst aufa zum geh!"

„Aba waruma, sog scho, vor wos firchs din?"

Das unsa Lem nimma so wird, wias moi war."

„Dann las uns aufa geh Charlotte und schaun, wia weid des Glick no wega is!"

Lorenz erhebt sich und reicht seiner Frau dabei die Hand. Hoffentlich erwidert sie die Geste und geht auf ihn ein. Er wüste nämlich überhaupt nicht, was er tun sollte, wenn sie jetzt aufstehen und gehen würde.

Lorenz bemüht sich äußerlich ruhig zu bleiben und mustert seine Frau. Ihr Blick heftet buchstäblich an seiner Hand. Sie ist groß und kräftig und signalisiert Charlotte Stärke, aber auch Halt.

Oft schon hat Lorenz in den gemeinsamen Jahren bewiesen, das seine Familie sich an ihn anlehnen und festhalten kann. Und auch wenn er zweifellos dazu beigetragen hat, das dieses Unglück über sie alle hereingebrochen ist, so möchte er trotzdem seinen Lieben in dieser schweren Zeit eine Stütze sein.

Charlotte lächelt hoffnungsvoll. Sie bezwingt ihre Angst und durch Lorenz Zuversicht ist auch sie guter Dinge, das am Ende alles wieder ins Reine kommt.

Entschlossen ergreift Charlotte Lorenz Hand und drückt sie ganz fest.

„I konns kaum no dawardn an da Bettkantn vom Buam zum sitzn und mit dir und de Madln zwartn, das a wieda aufwacht."

Lorenz fällt ein riesengroßer Stein vom Herzen, als er diese Worte hört.

„Na dann kum scho Spozl! Schau ma, das ma zu erna aufa kemman!"

Als die Eltern das Zimmer ihres Sohnes betreten, sehen sie ihre Töchter, wie sie schlafend auf Stühlen, am Fußende des Bettes sitzen.

Leise nähert sich Charlotte dem Bett.

„Wos ham an de Madln do in ernana Hand?"

Sie flüstert, sie will keines der Mädchen wecken.

„Woast scho, des san de Voglfedan, mit dene se an Johannes kitzlt ham."

Die Mutter schmunzelt.

Lorenz ist unendlich froh, seine Frau mit einem Lächeln zu sehen. Endlich strahlt ihr Gesicht wieder diese Wärme und Güte aus, die er so sehr an ihr vermisst hat.

Vorsichtig stellt er sich dicht hinter Charlotte und umfasst mit beiden Händen ihre Schultern.

„Schau moi Spozl! Johannes Gsicht hod scho a fui rötare Fab eus gestan."

„Moanst er hod Fiaba?"

Lorenz schüttelt den Kopf.

„Naa! I glab orfach, das a boid wieda wach wird."

Charlottes Augen ruhen auf Johannes.

Ihren kleinen Buben so leblos liegen zu sehen, das erfüllt ihr Herz immer noch mit einem fürchterlichen Scherz.

Aber sie fühlt sich nicht mehr isoliert und alleingelassen mit ihrem Kummer – Lorenz ist an ihrer Seite und das tut ihr gut!

Erleichtert lehnt sie sich mit ihren schmalen Rücken an die breite Brust ihres Mannes. So zu stehen, entspannt sie ungemein.

Natürlich können sie nicht die ganze Nacht in aufrechter Haltung verbringen, obwohl jeder von ihnen die körperliche Nähe des anderen genießt.

„Lorenz kum, wir leng uns a ins Bett."

„Moanst das ma da olle zwoa blods ham?"

„Ja freili, wir san doch koane Wuchtbrummln!"

Die Eltern setzen sie rechts und links von Johannes auf den Rand des Bettes. Beim Zurücklehnen legen sie ihre Köpfe neben den ihres Sohnes.

Zu zweit streichen sie mit sanften Fingern über seinen weichen Körper.

Der Atem des Jungen geht ruhig und gleichmäßig. Abwechselnd massieren die Eltern seine Arme und Beine, bis hinunter zu den Zehen, stets in der Hoffnung, dass er seine Augen ein zweites Mal öffnet.

Dabei berührt Charlotte mit ihren feingliedrigen Fingern zärtlich Lorenz großflächige Hand. Liebevoll schaut er seiner Frau ins Gesicht und vernimmt ihre leise Stimme.

„Es war echd deppad vo mir, di fürn Unfoi vaantwortli zmacha!"

„Ach, las guad sei Spozl!"

„Lorenz, kost ma des vageem?"

Doch dieser findet kaum Worte, stattdessen spürt Lorenz, wie sehr er Charlotte liebt!

Ähnlich wie gestern Morgen, an seinem Lieblingsplatz auf dem Holzsteg, dementsprechend ergeht es ihm auch jetzt wieder mit seinen Empfindungen für seine Frau.

Wenn er sich ihrer ausdrücklich bewusst macht, erfüllen jene komplexen und oft ineinander verschlungenen Gefühle von Leidenschaft, Verzauberung, vielleicht machmal sogar Besessenheit, sein Herz.

Solche enormen Eindrücke werden bei ihm nur durch seine Charlotte fühlbar. Um einen anderen Menschen derlei Sinnesleben entgegenzubringen, benötigt es keiner Erwiderung, diese Empfindlichkeiten sind einfach da, ob man sie nun will oder nicht!

Wie bei Lorenz auch, können sich diejenigen Menschen glücklich schätzen, denen die gleichen Gefühle entgegengebracht werden, ansonsten währe der Leidensdruck ja überhaupt nicht auszudenken.

„Du sogst nix Lorenz! Du konst ma euso ned vageem?"

„Ah geh! Freili bi i da guat und mei Liab zu dir, vazeit fast ois."

Charlotte ist über die Antwort ihres Mannes wirklich erleichtert. Sie nimmt ihr auch die schwere Last des Vorwurfs, dem sie Lorenz in ihrer Verzweiflung ausgesetzt hat.

„Danke Lorenz!"

Restlos erschöpft von diesem denkwürdigen Tag, schlafen die beiden, wie ihre Mädchen auch, am Bett von Johannes ein.

Was für ein glückliches Ereignis die Eltern am nächsten Morgen erwartet, daran hätten sie nicht einmal im Traum gedacht.

„Guat Moang Muatta, guat Moang Vatta!"

Mit dieser lauten Begrüßung, dicht an ihren Ohren, werden Charlotte und Lorenz, aber auch Elisabeth und ihre Schwester Maria, unsanft aus ihren sonderbaren Schlafpositionen geweckt.

„Mei Lorenz schau moi, da Bua is wieda wach!"

Vor Glück laufen der Mutter Tränen über die Wangen.

Aber auch Lorenz ist von diesem Moment ergriffen.

„Dem Himmi sei Dank! Bi i froh, dasd do bist Bua!"

Liebevoll streicht er seinem Sohn über die Stirn.

Auch die Mädchen kommen geschwind näher und begrüßen mit herzlichen Gesten ihren Bruder. Zärtlich nimmt Charlotte die beiden danach in ihre Arme und haucht jeder einen Kuss auf die Wange.

„Geh Maria, do gfrein ma uns, dasd Mutta wieda bei uns is?"

„Des dua i Elisabeth, glam mas!"

Charlotte versucht mit einem Tuch ihre Wangen zu trocknen, aber es ist vergebens. Immer mehr Tränen laufen ihr vor Freude über die Backen.

Selig richtet sie ihren verschwommenen Blick auf das rotbackige Gesicht von Johannes. Blaue Kinderaugen strahlen ihr fragend entgegen.

„I vastehs ned, wos machtsn ihr oisamt in meim Bett?!"

Freudestrahlend und erleichtert, liegt sich die ganze Familie in ihren Armen. Alle sind zuversichtlich, die Krankenstation bald verlassen zu dürfen!

Die große Liebe untereinander, sowie Hoffnung und Beharrlichkeit führten dazu, dass sich letztendlich Charlottes Familie wieder findet.

# Der Plan

Es ist noch früh am Morgen und die Dämmerung ist soeben dem Sonnenaufgang gewichen.

Dieses farbenprächtige Lichtspiel am Horizont, ist für Bischof Roman jedes Mal ein faszinierendes Ereignis, das er sich nur ungern entgehen lässt.

Er ist halt ein Frühmensch und aus Amtsgründen wäre es ohnehin schlecht möglich, sich morgens lange im Bett zu wälzen.

Seine Pflichten als Diözesanbischof sind straff organisiert und deshalb hat er sich längst einen disziplinierten Tagesablauf zurechtgelegt.

Um überhaupt mit einem derartig gezügelten und geordneten Lebensstil zu Recht zu kommen, verdankt der Bischof seiner Kindheit. Diese war geprägt von einer sehr religiösen und arbeitswilligen Erziehung von Mutter und Vater. Er entwickelte in jugendlichen Jahren bereits eine vorbildliche Arbeitshaltung, von der sich mancher eine Scheibe abschneiden konnte.

Bischof Roman ist nicht nur ein akkurater und ernsthafter Amtsträger, sondern er legt auch besonderen Wert auf gegenseitiges Vertrauen und Ehrlichkeit.

Deswegen berührt ihn auch Priester Theodors infames und heimtückisches Verhalten bis ins Mark.

Müde und gerädert vom unruhigen Schlaf heute Nacht, schält sich der sechzig Jährige aus seinen Federn. Sein Schlafzimmerfenster ist so gelegen, das er den Tagesanbruch wunderbar beobachten kann.

Tatsächlich richtet der Anblick der aufgehenden Sonne,

sein Inneres halbwegs wieder auf. Froh über diese Stimmungsschwankung, ruft er nach seinen Bediensteten.

Es dauert nicht lange und ein Kammerdiener betritt das Schlafgemach.

„Eure Exzellenz, sie haben gerufen?"

„Ja, ich möchte mich ankleiden aber zuvor ein Bad nehmen. Bitte veranlassen sie dazu alles nötige."

„Jawohl, eure Exzellenz!"

„Außerdem erwarte ich später hohen Besuch. Es ist zwar heute nicht der Tag des Herrn Jesus Christus, aber er gibt trotzdem Anlass für reichlich Speis und Trank. Gebt den Küchendienst bescheid."

„Ist längst geschehen, eure Exzellenz."

„Hm, muss ich das jetzt verstehen?"

„Erzbischof Stephanus ist vor Anbruch der Dämmerung auf den Bischofsitz eingetroffen. Er wollte nicht, das man sie weckt eure Exzellenz."

„Und das sagen sie mir erst jetzt?!"

„Man schaute schon nach ihnen, eure Exzellenz, aber sie letztendlich wach zu bekommen, dass war unmöglich!"

Ist es vielleicht denkbar, dass er mehr als zwei Becher von diesem guten Wein getrunken hat? Verlegen schaut Bischof Roman zu Boden.

„Ist nun egal! Das Bad lass ich sein, ein paar Tropfen Wasser tun es auch. Aber meine Amtstracht für heute, ist der seidene Brokat mit den Goldfäden. Legen sie ihn mir heraus, ich kleide mich dann selber an."

„Wird gemacht, eure Exzellenz."

Der Kammerdiener verbeugt sich zum Gruß und verlässt danach den Raum.

Der Bischof braucht nicht mal eine Stunde, da ist er auch schon für den Tag gerichtet und kann Erzbischof Stephanus in seinem Arbeitszimmer empfangen.

„Seien sie gegrüßt, Erzbischof Stephanus!"

„Ach was, nicht so förmlich Bruder Roman. Wir zwei sind doch unter uns!"

Mit offenen Armen kommt Stephanus seinem Glaubensbruder entgegen. Kameradschaftlich fallen sich die beiden um den Hals und klopfen sich dabei auf den Rücken.

„Lange nicht gesehen mein guter Freund und dein Bart, wird auch immer länger!"

Roman lacht triumphierend.

„Im Gegensatz zu deiner leicht behaarten Verzierung im Gesicht, könnte ich aus meinem Bart sogar noch einen Zopf flechten!"

„Auch du lieber Roman, wirst irgendwann in die Jahre kommen und dann wird sich dein Haar lichten."

„Komm Stephanus, lass uns mit dem Scherzen aufhören. Ich habe dir wichtiges zu berichten!"

Augenblicklich wird Stephanus ernst.

Die Heiterkeit, mit der er dem langjährigen Freund entgegengetreten ist, verschwindet schlagartig aus seinem Gesicht.

„Was ist los Roman, warum hast du um meinen Besuch gebeten?"

In Romans Kopf geht es drunter und drüber. Eigentlich weiß er überhaupt nicht, an welcher Stelle dieses ungeheuerlichen Geschehens, er am besten zu erzählen anfangen soll?

„Jetzt mach endlich, spann mich nicht länger auf die Folter!"

Roman räuspert sich noch Mal, bevor er endlich anfängt, Stephanus zu berichten.

„Also gut, du hast doch sicherlich noch unsere ungute Geschichte mit meinen Generalvikar im Kopf, oder?"

Gleichgültig zuckt Stephanus mit seinen Schultern.

Er hat damals eben nur nachgegeben, weil Roman ein guter Freund ist und diesen Theodor unbedingt für dieses Amt wollte. Er selbst konnte damals nicht verstehen, warum sein lieber Kamerad, diesen Kauz zu seinem Vertreter machen wollte.

„Ja und, was ist mit ihm?"

„Ich muss ehrlich zugeben Stephanus, er stellte sich gestern als absoluter Fehlgriff heraus!"

„In welcher Form äußert sich dieser Irrtum?"

Roman schluckt schwer, er fühlt sich bis auf die Knochen hintergangen.

„Theodor hat sein Amt missbraucht, hilfsbedürftige Menschen um ihre Gelder betrogen und die kirchlichen Hierarchiestufen missachtet."

Stephanus schweigt zunächst, denn diese Vorwürfe haben es in sich!

„Und du bist dir mit diesen Anschuldigungen wirklich sicher?"

Roman seufzt.

„Du kennst mich doch! Würde ich irgendwas in der Gegend rum posaunen, wenn es nicht sicher wäre?!"

„Nein, selbstverständlich nicht."

„Na also!"

Stephanus schweigt und überlegt.

Er muss diese Vorwürfe natürlich überprüfen und wenn sie Hand und Fuß haben, ist er verpflichtet, sie dem Papst mitzuteilen.

Was dem Priester dann für ein Ärger ins Haus steht, dass kann sich daraufhin wohl jeder vorstellen!

„Was du jetzt in erster Linie brauchst, ist eine zuverlässige Besetzung der Generalvikars Stelle. Aufgrund der Sache, werden vermehrte Anforderungen an dich gestellt werden, die sicher nicht alle gleichzeitig von dir erledigt werden können, lieber Roman!“

„Das ist ja auch verständlich!“

„Eben und darum brauchst du dafür einen guten Mann!“

„Tue nicht so scheinheilig! Ist doch klar, wen du dafür im Auge hast!“

Stephanus betont seine Ermunterung mit einem Kopfnicken.

„Komm handle und lass ihn rufen.“

Roman sieht ein, das Stephanus Recht hat und lässt nach Bruder Konrad schicken.

Es dauert nicht lange, da steht der Priester auch schon zur Stelle.

Als er das geräumige Arbeitszimmer von Bischof Roman betritt, macht er vor den geistlichen Persönlichkeiten, mit einer schwungvollen Armbewegung eine möglichst tiefe Verbeugung.

„Eure bischöflichen Gnaden!“

Erzbischof Stephanus macht einen Schritt auf ihn zu.

„Kommen wir gleich zur Sache.“

„Was kann ich für sie tun, hochwürdigster Herr?“

Priester Konrad wird langsam neugierig.

„Bischof Roman braucht einen neuen Generalvikar."

„Entschuldigung, aber die Stelle haben sie doch erst vor einem Jahr mit Priester Theodor besetzt?"

Kopfschüttelnd mischt sich Bischof Roman ein.

„Das ist im Augenblick nicht das Thema."

„Jawohl Exzellenz!"

„Wäre es denn für sie vorstellbar, dieses Amt unter meiner Führung zu belegen?"

Priester Konrad muss darüber nicht lange nachdenken.

„Sehr gerne, Exzellenz!"

„Schön, das freut mich! Das mit der Ernennungsurkunde und den schriftlichen Teil klären wir später."

Erzbischof Stephanus ist ebenfalls zufrieden.

Das hätte man vor einem Jahr auch einfacher haben können, denkt er. Aber was soll`s, lieber später, als nie!

Die Bischöfe sind froh, Priester Konrad für die Funktion als Generalvikar gewonnen zu haben.

Sie schenken ihm zudem ihr uneingeschränktes Vertrauen und haben vor, den Priester in ihre weitere Vorgehensweise in Bezug auf Priester Theodor, einzuweihen.

„Ich bin wirklich sprachlos. Ein derartiges Hintergehen, hätte ich ihm wahrhaftig nicht zugetraut!"

„Wir ihm auch nicht, stimmt's Roman?"

Roman zieht nur noch seine Stirn in Falten, er findet keine Worte mehr.

„Wie wollen sie in diesem Fall weiter vorgehen, meine hochwürdigsten Herren?"

Erzbischof Stephanus wirkt leicht genervt.

„Bruder Konrad, lassen sie das Getue mit diesen hochtrabenden Anreden unserer Personen."

„Aber ihre hochrangigen Stellungen erlauben keine anderen Anreden, euer erzbischöfliche Gnaden!"

„Haben sie Bruder Stephanus nicht verstanden Priester Konrad?!"

„Doch schon, aber ..."

„Was aber? Unter uns bin ich Bruder Roman und das ist Bruder Stephanus. Haben sie das nun verstanden?!"

„Ja, habe ich!"

„Gut, dann lasst und beratschlagen, wie wir das Problem weiter anpacken."

Allen dreien ist es sehr wichtig, den guten Ruf der Kirche im Markt Velden wieder herzustellen.

Besonders für Roman ist das ein großes Anliegen, da er in erster Linie für die Gemeinde verantwortlich ist.

Es gab in der Vergangenheit einige Anlässe, Velden zu besuchen und er wurde immer zuvorkommend empfangen.

Roman hatte stets den Eindruck, dass die Menschen gerne die Kirche besuchen und das sie zu den vor Ort tätigen Geistlichen ein gutes Verhältnis pflegen.

Wenn es in der Ortschaft die Runde macht, dass ein Diener Gottes sich seine kirchlichen Dienste von hilfsbedürftigen Mitbürgern fürstlich entlohnen lies, dann ist es bestimmt mit dem Gottvertrauen vorbei!

„Also Roman, ich würde vorschlagen, bevor wir uns Priester Theodor vorknöpfen, führen wir mit dem Gemeinderatvorsteher und am besten auch mit dem Bauer Lorenz ein ausführliches Gespräch."

„Das wäre nicht schlecht, Stephanus! Und mit dem Bauern seiner Frau müssen wir auch reden, schließlich war sie Theodors Opfer!"

„Genau! Sie sollen dann alle drei in schriftlicher Form Zeugnis ablegen und diese Niederschrift unterzeichnen. Im Anschluss werde ich mit diesem Nachweis beim Papst vorsprechen und ihn über die Schandtaten von Theodor berichten."

„Wieviel Tage glaubst du Stephanus, wirst du dafür brauchen?"

„Na ja, der Besuch beim Papst, wird schon reichlich Zeit in Anspruch nehmen. Aber in solch einem Fall, bleibt uns nichts anderes übrig. Theodors Strafe und auch sein sicherer Rauswurf aus der Kirche muss ordentlich von Statten gehen. Alle Bürger von Velden sollen sehen, das ein solch schändliches Verhalten von der Kirche nicht geduldet wird!"

„Das ist richtig Stephanus!"

„Und du Konrad, kümmerst dich bitte während ich weg bin um Theodor. Suche ihn auf, zusammen mit ein paar Helfern vom Gemeinderatsvorsteher und nimm ihn dann in Gewahrsam."

„Und wo soll ich in derweilen einquartieren, Roman?"

„Ich weiß, dass es neben der Amtsstube des Bürgermeisters eine Arrestzelle gibt. Dort soll Theodor bleiben, bis er seine gerechte Strafe bekommt!"

Konrad ist neugierig, brennend würde es ihn interessieren, an welche Art von Strafe die beiden Bischöfe für den Priester denken. Aber darüber hat noch keiner von ihnen, ein Wort verloren.

Ob er es wagen soll, die beiden Männer darauf anzusprechen – er ist sich nicht sicher?

„Was beschäftigt sie Bruder Konrad?"

Fragend betrachtet Bischof Roman seinen neuen Generalvikar.

Stephanus ahnt, was Konrad bewegt.

Der Priester tut verlegen, frägt aber dennoch.

„Mich würde schon interessieren, welche Strafe Priester
Theodor bekommen soll?"

Die Bischöfe sehen sich übereinstimmend an.

„Für Roman und mich käme nichts anderes als der Pranger in frage. Aber letztendlich wird das der Papst festle-
gen."

„Und warum wärt ihr für den Pranger?"

„Theodor hat auf recht unterschiedliche Weise die Ehre
verletzt. Die Kirche als Gemeinschaft zahlreicher Brüder
und Schwestern gesehen, hat er das Ansehen im Kollektiv
beschädigt. Andersartig stellt sich das Nichtbeachten der
unterschiedlichen Privilegien des dreifachen, apostoli-
schen Amtes dar. Das weihen der heiligen Öle ist alleini-
ges Vorrecht des Bischofs und nicht des Priesters. Er hat
also die dritte Stufe des Weihsakraments herabgewür-
digt. Und zu guter Letzt, hat er Menschen um ihr Geld betrogen, die eigentlich seine Unterstützung gebraucht hätten."

Roman nickt Stephanus beistimmend zu.

„Du sprichst mir aus der Seele - und deshalb soll Theodor
an den Pranger, dieser gottverlassene Lump!"

Romans Stimme wird immer lauter, er steigert sich in das
Geschehene richtig hinein.

„Jeder Bürger in Velden soll wissen, das er ein Gauner ist,
damit ihm keiner mehr auf den Leim geht! Er soll am eigenen Leib die Kränkung spüren, wenn er seine Ehre ver-

liert!"

„Hör auf Roman! Rege dich nicht so auf, dass schadet dir bloß."

„Das sagst sich so einfach! Schließlich ist es auch nicht dein Generalvikar, sondern meiner, der mich auf das übelste hintergangen hat!"

„Das kann ich verstehen Bruder Roman, aber trotzdem behält Bruder Stephanus Recht. Auch wenn sie sich noch so stark aufregen, wird das am Geschehenen nichts verändern."

Nach kurzer Überlegung und einigen kräftigen Atemzüge, muss Roman den anderen beiden wohl zustimmen.

Es ist richtig, er kann nichts ungeschehen machen.

Er kann nur versuchen, den angerichteten Schaden so gut es geht zu beheben.

Das Gespräch der drei Männer dauert nicht mehr all zu lange. Sie sprechen ihren Plan nochmals kurz durch und legen die Aufgaben jedes einzelnen abermals fest.

Als sie damit fertig sind, verabschieden sie sich voneinander und wünschen sich gegenseitig ein gutes Gelingen.

„Passen sie gut auf, Bruder Konrad! Priester Theodor ist hinterlistig wie ein Fuchs, nicht das er Reißaus nimmt und sich davon macht."

„Nein, nein Bruder Stephanus. Ich werde mir ordentlich Mühe geben, dass alles gut läuft. Also dann, bis auf ein baldiges Wiedersehen!"

# Der Freitod

Auf der Herfahrt nach Velden, macht sich Priester Konrad so manche Gedanken.

Wie wird Theodor reagieren, wenn er sich als Bischof Romans frischgebackener Generalvikar vorstellt?

Tja, das wird schon mal für seinen Mitbruder der erste, große Brocken zum Schlucken sein!

Und wenn Konrad danach Theodor den Erlass zur Festnahme seiner Person vorlegt - eigenhändigst abgesegnet von Erzbischof Stephanus, dem hochwürdigsten Herrn! – dann sind aber die Kohlen offen!

Solange Priester Theodor noch nicht in Gewahrsam genommen wurde, wird es am besten sein, ihm gegenüber nichts vom Pranger zu erwähnen. Lass es aber wirklich soweit kommen, dass sich der Papst für diese Bestrafung entscheidet – na dann, holla die Waldfee! – ob Theodor diese Demütigung verkraftet, bezweifelt Konrad.

Mal sehen und abwarten, was der Tag noch alles bringt.

Für Priester Konrad ist es zunächst einmal wichtig, sich mit den zwei Helfern, die vom Gemeinderatsvorsteher extra für Konrads Begleitung abgestellt wurden, vor dem Benefiziatenhaus zu treffen.

Den Teufel nicht zu fürchten und sich alleine in die Höhle des Löwen zu wagen – nein, so mutig ist dann Konrad auch wieder nicht!

Als der Generalvikar vor dem Haus ankommt, wird er bereits von zwei großen und kräftigen Männern erwartet.

Obwohl es die Situation eigentlich nicht zulässt, ist Priester Konrad von dessen Anblick fast ein wenig belustigt.

Die kraftstrotzenden Figuren der Männer und die kümmerlichen Körpermaße von Theodor, das passt gar nicht! Aber daran ist zu erkennen, wieviel Bedeutung der ganzen Sache zu teil wird.

„Also meine Herren, sie wissen, warum sie hier sind?"

„Mia soin ma unsan Priesta Theo ind Amtsstuam bringa."

„Und warum, wurde ihnen das auch gesagt?"

„Naa, aba do geds sicha umd Altaweih."

„Wenn sie sich da mal nicht täuschen!"

Die Männer werden neugierige.

„Wiea moanans des?"

Nein, das sieht Konrad wirklich nicht ein!

Es ist nicht seine Aufgabe, die Leute über Theodors Betrügereien aufzuklären.

Gar nicht auszudenken, was mit Theodor passieren wüde, wenn die Leute seine Schandtaten erfahren würden. Wahrscheinlich würden ihn die Bürger vorher noch lunchen, ehe die Kirche ihre Strafe vollzieht!

Die Männer lassen aber nicht locker.

„Hoda wos ausgfressn, unsa lieba Pfarra?"

Dem Priester wird die Lage langsam unangenehm.

Über solch eine Situation haben sich die Bischöfe mit ihm nicht unterhalten. Was soll er tun, die Männer aufklären oder es besser bleiben lassen?

Konrad überlegt und während er das tut, machen sich die beiden Gehilfen bereits an der Haustür zu schaffen.

„Was macht ihr den da? Ich darf sie doch wohl bitten, haben sie den gar keinen Anstand?"

Konrad ist über das rabiate Verhalten der beiden ziemlich empört.

„Sie können doch nicht ohne mein Zutun das Haus betreten!"

Während er die Kerle noch zu Recht weißt, drückt er sich unterdessen an ihnen vorbei, dreht den Schlüssel um und öffnet dann die Eingangstür. Gut, dass Bauer Lorenz ihn stecken ließ, andererseits hätte sich in der Zwischenzeit jeder Zutritt ins Haus verschaffen können.

„Und sie beide bleiben gefälligst hinter mir, haben sie das verstanden?!"

„Is ja scho guad, rengs erna doch ned auf!"

Bis auf das Knarzen der Dielenbretter, ist es im Haus totenstill. Kein Laut ist zu hören.

„Vielleicht is a ga ned do? "

Priester Konrad schüttelt sofort den Kopf.

„Ach, das kann ja nicht sein."

„Waruma ned? Der ko doch hi geh wo a wui?"

„Nein ..., ja ..."

„Wosn jetza? Kuna oda kuna ned?"

Natürlich konnte Priester Theodor nicht einfach aus dem Haus spazieren, schließlich wurde er von Lorenz an den Stuhl gefesselt, aber das wissen die zwei ja nicht.

Aber, wo ist er denn dann?

Als nämlich die drei Männer die Küche betreten, finden sie keinen Theodor vor.

Stattdessen liegt der Stuhl, wo er scheinbar drauf saß, umgekippt nach hinten auf dem Boden und die Schurr, aufgeknotet daneben.

Schnell erweckt das Bild bei Konrad den Eindruck, dass hier etwas nicht stimmt.

Die Männer gehen gemeinsam von Zimmer zu Zimmer, können aber weiter nichts Ungewöhnliches entdecken.

Als sie wieder in der Diele ankommen, öffnet einer der Helfer die Lucke zum Kartoffelkeller.

„Wards amoi! Schau ma moi da eine."

Das durch die Fenster einstrahlende Tageslicht, ermöglicht den Männern eine ausreichende Sicht in den Keller, aber auch dort können sie nichts Auffälliges entdecken.

Der Generalvikar überlegt, was man weiter tun könnte.

„Uns bleibt nur noch übrig, oben nachzusehen und wenn Priester Theodor da ebenfalls nicht ist, müssen wir seine Abwesenheit melden."

„Aba waruman meudn? Der hod doch nix vabrocha?"

Priester Konrad schluckt bitter und schaut dabei betreten auf den Boden.

„Doch meine Herrn, hat er!"

Die Helfer horchen auf.

„Durch seine Betrügereien wurde das Ansehen und die Ehre unserer Kirche, auf das Gröbste verletzt. Die Abberufung aus seinem Amt, ist nur noch eine Formsache."

Die zwei Männer sind sprachlos, das hätten sie sich nicht gedacht!

Der Generalvikar zuckt mit den Schultern.

„Tja, so ist es nun mal! Jetzt kommt ihr beiden, wir gehen nach oben."

Langsam schleichen sie die Treppen hinauf und sehen sich auch dort in den Räumlichkeiten um – aber wieder nichts, keine Spur von Priester Theodor!

„Herr Gott noch mal, das gibt es doch nicht! Wo kann den dieser Kerl bloß sein?"

Während der Priester sich die Haare rauft, macht einer der Helfer eine bedeutungsvolle Entdeckung.

Der Aufstieg zum Dachboden, ist mit einer dicken Schicht Staub bedeckt. Die Stufen könnten auch mal wieder einen Lumpen und Wasser vertragen, denkt sich der Helfer zunächst.

Aber als er genauer hinsieht, stellt er fest, dass sich über die ganzen Stufen, eine Spur von Schuhabdrücken zieht. Und zwar bis nach oben hin!

Der Mann deutet mit dem Finger darauf.

„Schaugds amoi wos do is! "

Im ersten Moment kann der Generalvikar nichts besonderes erkennen.

„Ich sehe nichts! Was soll da sein?"

Der eine Helfer fuchtelt mit seinem Zeigefinger ganz nahe über der Stufe herum.

„Ja do hoid, sengs des denn ned!"

Der Priester tritt dichter an die Treppen heran.

„Ah, jetzt sehe ich es auch – interessant!"

Mit einem Wink fordert er die Männer auf, ihm zu folgen.

„Los kommt, wir steigen auf den Dachboden."


Die Männer können nur nach und nach den Boden betreten, weil immer bloß einer von ihnen durch den Einlass passt. Priester Konrad erreicht den Speicher als erstes und was er vorfindet, lässt ihn dabei bis auf die Knochen erblassen.

Theodor hat sich am Dachbalken erhängt!

Und wäre das nicht schon genug der schrecklichen Tat, hat er sich scheinbar zuvor auch noch die Pulsadern aufgeschnitten – ein Anblick, den Konrad sein Leben lang nicht vergessen wird!

Er hat schon etliche Tote gesehen, sein Beruf bringt das mit sich. Aber es macht eben doch noch einen Unterschied, einen Mitmenschen, den man kennt, in einem solchen Zustand vorzufinden.

Konrad faltet die Hände und bekreuzigt seine Stirn.

Im stillen Gedenken betet er für seinen Mitbruder, das ist das einzige, was er für ihn noch tun kann.

# Literaturverzeichnis

1.   Google Vilstal – Titel: Freizeit & Tourismus

2.   Wikipedia – Titel: Oktober

3.   Wikipedia – Titel: 19tes Jahrhundert

4.   Wikipedia – Titel: Velden (Vils)

5.   Wikipedia – Titel: Armenhaus

6.   Wikipedia – Titel: Vierseithof

7.   Mike Toohey – Titel des Buches: Innere Medizin
     Für Krankenschwestern 1966 / Seite 479
     Diagnose und Behandlung des Komas

8.   Wikipedia – Titel: Benefiziat

9.   Wikipedia – Titel: Macht

10.  Wikipedia – Titel: Habgier

11.  Wikipedia – Titel: Heilige Öle

## Zur Autorin

Andrea Kempf, geboren 1969 in Erding, beruflich tätig in einem Krankenhaus, lebt mit ihrer Familie in einer kleinen Ortschaft in Niederbayern.
Ihren Gedanken und Gefühlen freien Lauf lassen, das ist für sie der Reiz am kreativen Schreiben.